诺贝尔
文学奖
Nobel laureates
in Literature
作品
精选
插图版

鼠疫

〔法〕阿尔贝·加缪／著

王亚文／编译

海豚出版社
DOLPHIN BOOKS
CICG 中国国际传播集团

图书在版编目（CIP）数据

鼠疫／（法）阿尔贝·加缪著；王亚文编译.
北京：海豚出版社，2025. 6. --（诺贝尔文学奖作品精
选）. -- ISBN 978-7-5110-7329-7

Ⅰ. I565.45

中国国家版本馆 CIP 数据核字第 2025HL9077 号

鼠疫

（法）阿尔贝·加缪　著　王亚文　编译

出 版 人	王　磊
责任编辑	熊　隽　王洪聪
特约编辑	许秋玲
封面设计	宋双成　蒋　飞
责任印制	蔡　丽
法律顾问	北京市君泽君律师事务所　马慧娟　刘爱珍
出　　版	海豚出版社
地　　址	北京市西城区百万庄大街24号
邮　　编	100037
电　　话	010-68325006（销售）　010-68996147（总编室）
印　　刷	天津泰宇印务有限公司
经　　销	全国新华书店及各大网络书店
开　　本	710 mm×1000 mm　1/16
印　　张	11
字　　数	125千
版　　次	2025年6月第1版　2025年6月第1次印刷
标准书号	ISBN 978-7-5110-7329-7
定　　价	39.80元

开 篇 语

　　《鼠疫》出版于 1947 年，作者是法国作家、诺贝尔文学奖获得者阿尔贝·加缪。本书讲述了奥兰这座城市突然发生鼠疫，里厄医生和他的朋友们如何团结一致、对抗瘟疫的故事。

　　加缪自幼家境贫寒，所以他对底层人民怀有深深的同情。原本他是一个哲学研究者，患肺病后，他开始写一些文章、随笔刊登发表。第二次世界大战期间，他带病坚持写下无数反法西斯的文章，为法国抵抗侵略运动作出了巨大贡献。

　　加缪的文笔干净利落，风格简洁明快，文风朴实无华。尽管适逢乱世，他的创作生涯比较短暂，但即便如此，他创作的优秀作品，也令他获得了非凡的赞誉，并深深影响着后世的荒诞派戏剧和新小说形式。

　　《鼠疫》中奥兰城突发鼠疫，里厄医生勇敢地挺身而出，与志同道合、不畏牺牲的塔鲁等朋友们一起和瘟疫战斗。在这场不知道何时才能结束的瘟疫中，他得到了母亲的鼓励、妻子的理解、朋友的支持，也看到了形形色色的人对待瘟疫的态度。加缪用白描的写作手法，在

塑造出瘟疫肆虐的城市里的众生相——政客敷衍塞责、遮掩实情；人们愚昧轻信致使谣言四起；宗教人士试图用天命惩罚之说安抚紧张的民众。与此同时，我们也能从文章中看出人们对医生、对死亡的各种态度。里厄医生最终领悟到，所谓英雄，不过是一些甘愿牺牲自己的幸福，努力与灾难抗争的普通人。正因有了他们，大家才能互相鼓励、互相温暖，从而有了胜利的希望。

小说中的鼠疫和那些阻挠抗疫的反派，犹如当时法西斯主义和侵略战争的象征。而里厄医生和他的朋友们，则是那些"明知山有虎、偏向虎山行"、有责任有担当、敢于和法西斯势力斗争的勇士。无论形势如何恶劣，阻力多么强大，他们都绝不退缩，在荒诞的社会中举起反抗的旗帜。即便个人的力量微不足道，即便会有牺牲，为了那一缕光明，也要不懈奋斗。

加缪用他的慧眼，敏锐地观察到藏在暗处的邪恶和黑暗，同时用细腻柔软的笔触，在乱世里画出一片光明。他通过描写一个荒诞的世界，阐释了自己积极向上的哲学思想：人类只有在抗争中才能找到存在的意义。此外，也表达出了他反对法西斯战争、希望战争的硝烟不再燃起的美好愿望。加缪并没有直接让故事的主人公阐述深刻的大道理，而是通过人物的视角把客观事实呈现给读者，让读者自己领会感悟。

在鼠疫消退后，里厄医生懂得了很多，也失去了很多。当整个城市沉浸在狂欢中时，他却仍然冷静并保持警惕，因为他明白，这不代表最终的胜利和安全。

自人类诞生以来，瘟疫和战争就从未停止对这个世界的破坏。虽然第二次世界大战已经过去多年，但世界从未有一日真正地达到和平。我们要居安思危、珍惜当下，永远都不能忘记，如今的和平有多么来之不易。

《鼠疫》是一面镜子，能够映照出人类的恐惧与勇气；《鼠疫》也是一座警钟，提醒我们在安宁的日常背后，危机与挑战始终潜伏。它教会我们，真正的救赎来自面对现实的勇气、对彼此的关爱以及对生活的持续热爱。加缪不仅记录了一个时代的苦难，还传递了超越时空的人文关怀，让这部作品成为不朽的文学经典。

在阅读《鼠疫》的过程中，我们可能会直面作者对死亡、卫生状况的冷峻描绘。对死亡话题敏感的读者，阅读时可保持适当心理距离，若感到沉重，不妨暂停或选择性跳读。故事中关于极端环境下对生命尊严消解的记录，并非为制造惊悚，而是作者以不动声色的笔触，深刻呈现灾难中人性的困境与文明的脆弱。我们既是旁观者，又是潜在的参与者，每一次阅读都是对自我的一次叩问。

让我们跟随加缪的笔触，一起去奥兰城体验这场惊心动魄的鼠疫与心灵的重生之旅。

目录
Contents

第一部分 /

本纪事中描述的这件不寻常的事件发生在 20 世纪 40 年代的奥兰城。考虑到它的特殊性，大家认为，这件事本不应该在这里发生，因为这里是平凡的奥兰城，奥兰城只是法属阿尔及利亚沿海的一座法国港口。

不得不承认，若你是第一次走进这里，那你一定会认为，这是一座丑陋的城镇。从表面上看，它的确散发着安静平和的气氛，但只要在这里住上一段时间，并花些精力去观察，便会发现，这里与世界上同类型的商业小镇相比有着非常大的不同。这座城镇是灰暗无光的，谁能想象在一座小镇中，既看不到挥动着翅膀的鸽子，又听不到风吹树叶时发出的沙沙声，一切有生机的东西仿佛都无法在这里生存。

这里只能通过观察天空，来区分四季的更迭。春天来临时，没有微风、没有细雨，更没有沁人心脾的空气，只有市场上偶尔出现的鲜花，证明春天已经来了，但这些鲜花只有在郊区才能采摘到。夏天来

临时，没有大片大片的绿色，没有扰人心神的蝉鸣，更没有星光璀璨的夜空，只有被晒得发烫的屋顶和尘土飞扬的道路，除了关紧门窗、将身子藏在难得的阴影中，你别无选择。秋天来临时，没有落叶纷飞的枫树，没有秋高气爽的温度，更没有令人喜悦的丰收，只有倾盆而卜的秋雨混合着黄沙，如同往下倒灌的泥浆。只有在冬天，你才能切实地感受到这个城市里难得的宜人天气。

想要熟悉一座城镇，最简单的方法可能是观察城镇中的人们如何工作、如何相爱以及如何死亡。而这座小城在这三个维度上，几乎完全相同，并且每个环节都充斥着令人发狂又无奈的氛围。

事实就是，这座小镇里的每个人都很无聊，居民们努力工作，但仅以致富为目标，他们的主要兴趣是商业，生活的主要目的就是所谓的"经商"。当然，他们不会回避恋爱、沐浴、看电影等简单消遣。但他们明智地将这些消遣时间安排在星期六下午和星期日，并尽可能利用一周的其余时间来赚钱。到了晚上，他们离开办公室后，会一成不变地去咖啡馆聚集，在同一条林荫大道上散步，或在阳台上呼吸新鲜空气。年轻人的冲动爱好很少，老年人的恶习也很少，除了打打保龄球，参加一些宴会之类的社交活动之外，剩下的可能也就是偶尔打打牌了。

可能有人会说，这些习惯不是这里特有的，所有同时代的人都差不多这么生活。当然，如今没有什么生活方式比人们从清晨工作到黑夜，然后在牌桌、咖啡馆和闲聊中浪费掉那点儿闲暇时间更普遍了。然而，可能某些地区的人们还有更高级的精神追求，但是一般来说，这些精神追求也并不会改变他们的生活方式。

奥兰是一座不太浪漫的小城，这里的男女对相爱和激情这些事不感兴趣，由于生活节奏很快，大家都凑合着恋爱、结婚，反正差不多就是那么回事。

在奥兰这座小城，最让人头疼的或许不是糟糕的天气，而是人在临终前不得不面对的"困难"。或许"困难"这个词并不是十分准确，"不适"会更恰当一些。当人生病时，寝食难安的身体状态总是会带来很多的负面情绪，这个时候，其他地方的人总是会以病人为大，除了必要的照顾之外，还会给予温暖的情绪价值。但在奥兰城，你是没有资格生病的，即使你生病了，也没有人会在乎你。因为人们需要面对极端的天气、繁忙的商业活动、各种重复且不必要的社交娱乐活动，每个人都需要健康的身体，他们没有多余的时间去生病、去照顾病人。

想一想吧，如果你正处于濒死的时刻，被困于一面热得发烫的墙壁后面，而你的亲友们此刻正坐在咖啡馆中或者正在打电话，疯狂讨论货运、提货单、合同折扣，那你该怎么办呢！你会感受到前所未有的孤独，这种孤独的情绪会比病痛更折磨你的身心。在奥兰城的特殊环境下，这种"不适"会加速甚至直接导致死亡，它也可以被称为现代独有的"社会性死亡"，而这种"死亡"在奥兰并不罕见。

这些杂乱无章的观察结果可以使我们对这座城市的状况有了清晰地认识，但是，我们绝不能夸大其词。这座小镇的外观和居民们的生活方式都十分平庸。但是一旦形成习惯，您就可以在这里轻松度过每一天。这种"习惯"又正是我们所鼓励的，因为一切都是为了好好生活。从这个角度来看，这里的生活可能平淡无奇，但是，至少在这里，不会出现什么社会动荡。

我们坦率、友好、勤奋的居民一直试图激发游客的热情，尽管这里没有树木、没有魅力、没有灵魂，但它足够宁静，多待一会儿，您就会心满意足地睡着。

还需要补充一点，这座小城坐落在海湾上方，那片海湾真是美极了。我们唯一可能会感到遗憾的，是小城建在海湾背面，所以如果想看到大海，您必须自己动脚去寻找。

奥兰人的生活就是如此，每日从平淡的生活中找寻着一点点难得的乐子。鉴于上述讲的种种，我们很容易就能理解，为什么城里的所有人都没有能力去预见那件发生在春天的事情。刚开始，这或许只是一件没人注意的小事，毕竟在某些情况下，这件事情看起来并没有什么大不了。直到它变得不可控制，我们才知道，这是一切不幸的开端。事情发生后，有的人觉得，奥兰这座城市会发生这样的事情不足为奇；但也有部分人认为，这简直就是不可思议的。人们在这件事上会产生很多不同的观点，但对一名记述历史的作家来说，这些观点上的差异是不用考虑的，他要做的，只是将这件事真实无误地讲述给读者，让读者知道这件事的影响非常严重，它不仅关系到每一个奥兰人的未来，更关乎着整个民族的存亡。

我们再来说一说这位决心将事情记述下来的作家。众所周知，想要成为一名合格的历史记录者，必须有充足的知识储备和丰富的历史资料。记述奥兰城里故事的这位作者，同样有着一些史料，比如他亲眼所见的事实，从其他经历者那儿听来的事实等。

好了，关于这个故事发生前的种种，讲得已经差不多了。现在让我们一起回到奥兰城，看一看在这件事发生之前，城里到底发生了哪些具有先兆性的事情。

4月16日上午离开手术室时，贝尔纳·里厄医生感觉自己踩到了一个柔软的物体。那只死老鼠正躺在楼梯中间。

他把它踢到一边，没多想就继续走下楼。当他走到街上时，他才感到一只死老鼠平白无故地出现在那里，有些不太对劲，他转身要求看门人处理它。可是，看到看门人老米歇尔先生对这件事的反应有些过度，他才忽然意识到，这件事或许并不像表面上看起来那么简单。

就个人而言，他认为死老鼠的出现相当奇怪，仅此而已。但是，看门人老米歇尔先生却感到很愤怒，他坚持认为："这里没有老鼠。"里厄医生徒劳地向他重复，在二楼拐角处有一只老鼠，大概已经死了。老米歇尔先生却相当固执，他重复道："大楼里根本没有老鼠，所以一定有人从外面带来了这只老鼠，这只是年轻人的恶作剧而已。"

那天晚上，当里厄医生站在家门口掏出口袋里的钥匙，准备上楼时，他看见一只大老鼠从通道的黑暗处朝他跑来，它步履蹒跚，皮毛湿透，看到人类时，它停下了脚步，似乎正试图保持平衡。而后它再次向医生这边跑来，又再次停下脚步，最后它尖叫着、翻滚着，跌倒在医生的脚边。它的嘴稍微张开，血液从中喷涌而出。

里厄盯着那只老鼠看了一会儿，然后才转身上楼去。当他盯着那只老鼠的时候，那从老鼠口中喷涌而出的鲜血，让他的脑子里浮现出了每天都让他殚精竭虑的事情——他妻子的病。他妻子的身体从一年前就开始变得有些差，无论吃什么药都不见好转。她准备明天一早便出发去山上的疗养院。那里依山傍水，有清新的空气和生机勃勃的花草，或许会对他妻子的身体有些好处。

里厄来到了妻子休息的卧室中，鉴于明天去山上的路程较为遥远，为了能让妻子的状态看上去好一些，他让妻子今天必须躺在卧室里休息，他的妻子也的确照做了。当他踏进卧室时，他的妻子昂起头，给了他一个甜美的微笑。

"你知道吗？我感觉好多了！"她说。

里厄凝视着灯下妻子的脸，他的妻子已经三十岁了，长期患病使她的脸上留下了比同龄人更深的痕迹。然而，当里厄凝视着她时，他想到的是："她看起来多么年轻，几乎就像一个小女孩！"这也许是因为那灿烂的笑容让她看上去美丽极了。

他说道："快睡吧，已经很晚了，你知道的，你得赶上明天正午的火车。"

他吻了一下妻子的额头，微笑着将门带上。

第二天，即 4 月 17 日，晚上八点，看门人老米歇尔先生给医生打了个电话，说又有三只死老鼠出现在了楼道里，肯定是什么年轻人的恶作剧，那些老鼠浑身是血，很显然曾经被捕鼠陷阱摧残过。老米歇尔先生对待工作一直兢兢业业，他发誓要抓住这些搞恶作剧的坏孩子。

里厄感到非常困惑，如果城中都出现大量老鼠的话，那较为贫困的郊区应该更多。为了一探究竟，他决定从郊区开始他今天的工作。这些地区的清扫工作是在清晨完成的，当他在尘土飞扬的街道开车时，他瞥了一眼人行道边的垃圾桶。仅一条街道上，里厄就数出了多达十二只死老鼠，它们被随意丢弃在垃圾上。

里厄医生今天看望的第一个病人，是一个长期卧床的哮喘病患者。这是一位来自西班牙的男士，如今已经到了花甲之年，从他的脸上可以看出他在年轻时，应该经历了很多的事情，岁月用皱纹和白发在他的身上留下了深深的印记。他长久地待在这间病房里，换句话说，这既是他的餐厅，又是他的卧室。值得一提的是，在这个房间里可以看到街道上脚步匆匆的行人、来来往往的车辆。当医生走进来的时候，这个西班牙老人正坐在床上，他面前的被子上放着两个装有干豌豆的小锅，他努力地想往后挺直身子，以便更好地与医生交流。这只是一个简单的动作，却害得他直喘粗气，仿佛要呼吸不上来了一样，他的妻子时不时地给他喂点儿水喝。

"好吧，医生。"在被注射时，他说，"它们到处都是，你注意到了吗？"

"他的意思是，老鼠。"他的妻子解释说，"隔壁的那个人发现了三只。"

"它们到处都是！所有的垃圾桶里都有！"

里厄发现老鼠变成了贫民区的重要话题。巡诊结束后，他便开车回家了。

"先生，楼上有一封您的电报。"老米歇尔先生告诉他。

里厄问他是否见到了更多老鼠。

"不，再也没有，我一直保持警惕，那些年轻人再也不敢恶作剧了。"

电报是里厄的母亲第二天要到的消息。儿媳不在的这段时间，她打算为自己的儿子料理家务。当医生进入公寓时，他发现护士正在那里照顾妻子穿戴。妻子化了个淡妆，气色看起来好了很多。

尽管妻子十分心疼钱，但为了她的身体，里厄医生还是为她买了卧铺车厢。妻子在卧铺上安顿下来后，突然问道：

"现在怎么都是关于老鼠的讨论？"

"我也不知道，不过早晚会过去的。"医生的心思不在那些老鼠身上，他十分内疚地看着妻子，"无论如何，等你回来时，你的身体一定已经好了，我们会重新开始生活。"

她的眼睛闪闪发光："没错，那时候就让我们重新开始我们的生活吧。"

说完这句话，妻子将头转了过去。透过车窗，可以看到站台上那些行色匆匆的旅人，他们提着大包的行李，脸上尽是疲色，他们互相推搡着，在机车的嘶嘶声中往前走着。妻子有些看呆了，他轻轻地叫着妻子的名字，当妻子转过身来的时候，他看到妻子脸上满是泪水。

"别哭啊。"他喃喃道。

妻子泪眼蒙眬，随后给了他一个微笑。她深吸了一口气："现在走吧！一切都会好起来的。"

他深情地拥抱了她，回到了站台上。现在他只能透过窗户看到她微笑着的面庞了。

他说:"亲爱的,请好好照顾自己。"但是她已经听不到他的声音了。

当里厄准备离开站台的时候,他遇到了当地政府的奥森法官,这位法官牵着自己的小儿子,正在站台上东张西望。

"法官先生,您是要出远门吗?"里厄客气地问。

"不,我正在等待我的妻子,她前些天去外地看望我的家人,今天正是回来的日子。"这位法官的个子很高,但并不强壮,穿着一身得体的正装,看上去就像一截笔直的树干。从他的衣着上看,他好像是一位来自19世纪的绅士;但从他的脸色上看,他又像是一位在墓地工作的人。

他们正说话的时候,火车发出了即将启程的鸣笛声。

"里厄医生,您是否听说了最近关于老鼠的事?"奥森先生小心翼翼地问。

"这或许不是什么大事。"里厄随口回答了一句。若是现在询问里厄,对于当时的情景是否有什么印象深刻的地方,他第一时间想到的会是,他与一名铁路工人擦肩而过,而那位铁路工人提着的箱子里,全是死了的老鼠。

那天下午早些时候,当他开始门诊时,一个年轻人——雷蒙德·兰伯特来拜访里厄,这人是个职业记者。他身材矮胖、神情坚定,有一双敏锐又睿智的眼睛,能给人一种在任何情况下都可以坚持工作的感觉。他就职的报社是巴黎主要的日报之一,他此次是为了卫生方面的事情而来。

里厄在将自己的真实想法和盘托出之前，谨慎地询问对方是否会对这件事进行如实报道。

"当然。"兰伯特回答。

里厄解释说："我的意思是，您能保证自己的报道绝对公正客观吗？"

"这说不准，现在没发生什么很糟糕的事情吧？"

"不。"里厄静静地说，"但我习惯说真话，这就是我接受您采访的原因。"

记者无可奈何地说："您是个认真的人。"

里厄在与他握手时随口寒暄了几句，说如果他想在自己的报纸报道一些奇闻逸事，现在城里发现的大量死老鼠的事情可能值得一写。

"啊！"兰伯特大叫，"当然，我很感兴趣。"

在五点钟出门进行另一轮查房时，里厄在楼梯上与一个矮胖的年轻男子相遇，他脸又胖又圆，皱着眉头，眉毛浓密。里厄曾经在顶层公寓遇见过他一两次，那个楼层被一名来自西班牙的男舞蹈演员占据。这个年轻人名叫让·塔鲁，他此刻边抽烟边低头凝视着老鼠尸体，这只老鼠在他面前抽搐着死去。他抬起头，灰色的眼睛一直盯着医生。在聊了几句后，他忍不住问出了心里的疑惑，他觉得这很奇怪，怎么所有老鼠都要跑出来死？

"不过这是门房该操心的事了。"他耸耸肩。

碰巧的是，里厄刚转身下楼，就遇到了看门人老米歇尔。他靠在街道旁的墙上，看上去很疲倦，往日里总是通红的脸现在变得苍白。

"没什么。"他对里厄这样说，"见多了死老鼠谁都会不舒服。"

第二天早上，也就是 4 月 18 日，当里厄从车站接回他的母亲时，他发现米歇尔看上去仍然很不舒服，而且从地窖到阁楼的楼梯上布满了死老鼠，至少有十二只。现在街道上所有房屋的垃圾桶里都塞满了死老鼠，里厄的母亲很平静地接受了这诡异景象，这个老太太觉得死些老鼠也没什么关系。

里厄并没有母亲这么冷静，为了彻底解决老鼠问题，他决定给市政厅打一个电话，他认识灭鼠部队的负责人。当他询问负责人梅西埃是否听说了最近鼠患肆虐的事情时，梅西埃对此有些含糊其词。实际上，他在靠近码头的办公室里发现了五十只死老鼠，那场景把他吓了一跳。他问医生这是否意味着有什么可怕的事情要发生，里厄也给不出明确的意见，但他认为卫生服务部门应该尽快采取某种行动。

梅西埃同意了："如果您认为这样做是有必要的，那么我就会发布命令。"

里厄回答说："当然有必要。"

里厄医生的助手告诉他，在她丈夫工作的那家大工厂里清理出了几百只死老鼠。

大约在这个时候，我们的民众开始有些不安了。

因为，从 4 月 18 日开始，工厂和仓库中出现了很多死老鼠，当然也少不了那些垂死的、躺在地上挣扎的老鼠。怎么处理这些老鼠呢？人们迫切地需要市政府给出一个解决方案，但市政府并没有对此做出任何回应。他们只是将这些老鼠进行统一消杀，然后再由专车拉去烧毁。但这些是远远不够的，从城中心到郊区，里厄医生所经过的每一个地方，无论是阴暗的排水沟，还是街边的垃圾桶，甚至是每条人行道上，都有数不清的死老鼠，它们被堆成一座小山，看上去让人极度不舒服。

每天清晨，卫生部门都会派人来清理老鼠，再由两辆市政卡车将它们运到城镇的焚化炉中焚烧。但是在接下来的短短几天之内，情况恶化了，街头出现了越来越多的死老鼠，卡车不够用了。

从第四天开始，事情变得不可控起来。老鼠已经成为街道上的主角，如果一定要说清它们的数量，那可能需要将这个小镇的总人口数乘以好几十。它们就像无处不在的幽灵，从地下室、下水道、地窖中爬出来，凡是有洞的地方，必定有它们的身影。

它们会拖着垂死的身体，爬到街道上，就这样晃晃悠悠，不断地抽搐翻滚，最后在路人的脚边死去。每到晚上，都可以听见从地下、楼板、屋顶传来的老鼠叫声，那声音虽小，听起来却很凄惨；每到早上，只要打开房门，便能看见成群的死老鼠。人们出门买菜，会在街头看到它们；官员们去上班，会在办公大楼里看到它们；学生呢，只要走进校门，便会在学校操场上看见它们。咖啡厅、后院、阳台上，到处都是老鼠。它们有些还没有完全死去，人们可以清晰地看到从老鼠嘴边流出的鲜血；有些已经死透了，身体是僵硬的，就那样直直地躺在街上；有些已经死了很多天，尸体开始腐烂，散发出难闻的味道。当人们在越来越多的地方发现老鼠时，他们开始变得惊慌失措。整个城市都陷入了恐慌之中，这里仿佛已经没有了鲜活的生命，一切都在枯萎，一切都在死去。这就如同一个健康的男人突然开始体温骤降，这是一个很危险的信号。

事态的发展越来越严重，新闻部门通过广播形式发布了数据，并宣布仅 4 月 25 日一天，就已经清理了至少六千二百三十一只老鼠，这让公众很震惊。在此之前，人们觉得这只是一个小麻烦，毕竟在大多数人眼中，老鼠这种没有多大攻击性的动物并不会给生活带来太大的困扰。直到现在，他们才意识到，大批出现的老鼠是会对人们产生威胁的，但这种威胁的力量到底有多大，暂时还没有办法估量。至于这些老鼠到底为何而死、第一只死去的老鼠又在哪里，也没有人知道。这种充满未知的情况，让以世界的主人自居的人类感到万分惶恐。在这人心惶惶的时候，只有那个西班牙哮喘患者每天表现出一副开心的样子，只要看到老鼠，他便会搓着双手，咯咯地笑着说："它们出来了，它们出来了。"

4 月 28 日，小城焚烧了八千只老鼠，惊慌之情席卷了整座小城。

人们要求政府采取严厉措施，并且准备搬离小镇，当局连忙改了说法，称老鼠的死亡数量已经开始下降。

然而，就在大家都松了一口气的时候，第一个身体状况不对劲的人出现了。那天下午，里厄从医院回来，就在他将车停在公寓门前时，他看到米歇尔动作笨拙地从街道尽头向他走来。他的身子歪歪斜斜的，脚步显得格外踉跄，仿佛下一秒就要倒下。不过还好有人扶住了他，这个人是神父帕纳鲁。帕纳鲁是一个好心人，他总是将人民的苦难放在心上，并为每一个人祈祷。里厄朝他们挥了挥手。

米歇尔先生发烧了，他呼吸急促，脖子、腋窝和腹股沟等部位都十分疼痛，里厄按了按他的脖子，发现里面有个坚硬的肿块。

里厄让老米歇尔回去静养，他下午再去给他看病，在米歇尔走后，里厄问神父怎么看待这次的死老鼠事件。

"这可能是瘟疫。"神父说道。

午餐后，里厄第二次阅读他的妻子从疗养院发给他的电报，她已经到达了。此时电话响了，是他以前的病人打来的，他因主动脉狭窄而遭了很长一段时间的罪，由于他很穷，里厄没有收取他任何治疗费用。

"谢谢您，医生。但是这次是其他人，我的邻居出了点儿事，请您立刻去看一看他。"他听起来气喘吁吁的。

里厄脑海中浮现出米歇尔先生的模样，他二话不说，立刻出门了。不过这一次算是虚惊一场，病人的这位邻居只是准备上吊。不过里厄还是在处理完这件事之后，才赶去米歇尔那里。当他走进米歇尔家的时候，他正斜倚在床的边缘，一只手压在腹部，另一只手压在脖子上，呕吐出粉红色的胆汁。

吐干净胆汁后，老米歇尔先生再次躺下，喘着粗气。他的体温为39.5摄氏度，脖子和四肢都肿了起来，大腿上长了两个黑色斑点。他用含糊不清的声音不停地诉说着自己的痛苦。

"内脏像在被火烧一样。"他喃喃道，"浑蛋，快要把我烧死了。"

他快要无法通过因发烧而开裂的嘴唇发出声音了，于是便用凸起的眼睛看着医生，眼睛里充满了眼泪。他的妻子焦急地看着医生，但医生始终没有开口。

她说："医生，这是什么病？"

"什么病都有可能。我给他开一些清热解毒的药，保持清淡饮食，多喝水。"

那位病人一直抱怨着口渴。

回到自己的公寓后，里厄给自己的同行理查德医生打了个电话，理查德是镇上最具权威的医生，对一些疑难杂症通常都有很好的治疗方法。里厄询问理查德，最近是否有病人出现了一些不太寻常的症状。但理查德坚定地说，并没有什么怪事发生。这让里厄觉得有些不可思议，难道米歇尔先生的病，镇上真的仅此一例吗？为了解开心中的疑惑，里厄再次追问道："难道就没有病人出现过发高烧和淋巴发炎的情况吗？"理查德还是坚称没有见过什么需要特别注意的病例。

那天晚上，米歇尔高烧到 40 摄氏度，并且开始胡言乱语，淋巴结肿得像气球一样。

里厄无计可施，只是对他的妻子说："您得守着他，必要时给我打电话。"

第二天，4 月 30 日。这天的天气非常不错，是难得一见的晴天，温度也十分宜人。扑面而来的，是一阵暖和的微风，风中还夹带着来自郊区的鲜花的香味，街道上也渐渐恢复了往日的喧闹。这美好的阳光和微风，仿佛将前几日的阴霾全部带走了。市政府宣布，死老鼠已经被全部消灭，不会再出现。这个消息让小镇上的人重新看到了生活的希望，那些恐惧也都烟消云散。

里厄又接到了妻子从疗养院写回来的信，每当看到妻子的信，他的心情都格外好。随后他又去查看米歇尔先生的病情，他看上去精神恢复了一些，体温也已经降到了38摄氏度，尽管他仍然很虚弱，但他还是露出了微笑。

"他看起来已经好了，医生，是吗？"米歇尔的妻子问。

"嗯，现在说好了，还为时过早。"

中午，米歇尔的温度突然再次升高到40摄氏度，并又呕吐起来。里厄知道大事不妙，命令道："听着，我们必须把他送到医院去，我给救护车打电话。"

两个小时后，里厄和米歇尔夫人在救护车上照顾着米歇尔，他张开嘴巴发出嘶哑的声音，嘴里现在布满了疮。他不断重复："老鼠！该死的老鼠！"他的脸上已没有了血色，整张脸看起来是灰绿色的，嘴唇也在不断地流着血，呼吸声越来越大，或许他现在连最简单的呼吸都觉得十分困难。肿大的淋巴结似乎已经把他的身体给侵蚀了，此时此刻，他的身体已经不再属于自己。

"没有希望了吗？"

"他死了。"里厄说。

再说起这件事，也许很多人会认为，米歇尔的死象征着这场灾难第一阶段的结束，这一阶段的结束没有任何预兆，同时意味着更艰难的第二阶段要开始了。灾难刚开始的时候，民众的情绪是困惑的、惊诧的，但发现自己的生命可能会受到威胁的时候，民众变得恐慌、害怕。小镇中的居民们开始陆陆续续出现与米歇尔先生相似的症状。人们开始恐惧，与此同时，他们也在恐惧中开始思考。

让·塔鲁是我们在叙事开始时就认识的人，他在几周前来到奥兰城，住在镇中心的一家大酒店里。显然，他很有经济实力，不需要做生意或从事任何工作。尽管小镇居民与他相处得还不错，但没人知道他是从哪里来的，也不知道是什么把他带到了奥兰。春季来临后，他便十分热衷于到海滩上去，人们总能在海边看到他的身影。他心情愉快，总是面带微笑，与那些热爱生活的人没什么两样。不过，小镇里的居民发现，他非常喜欢在小镇中结交西班牙的舞蹈家和音乐家。

他的笔记本上记录着我们经历过的这段艰难时期的历史。但是，他的记录方式与众不同，因为他所记录的都是一些琐碎的平常小事，很多事情可能就连当事人都不记得是否真的发生过。看起来，塔鲁是在用放大镜观察人和社会。在那个混乱的时期，他记录下了历史学家不会在意的历史。

在他的记录当中，奥兰城开始有人因为怪病而死，第一个倒霉的是一名接线员。其他的事情，如旅馆是怎么处理死老鼠的，人们是怎么看待死老鼠的，甚至还有附近的小猫的表现，他都详细地记录了下来。

死老鼠散布在大街上的景象，可能激发了猫的狩猎本能，因此它们都消失了——也许它们忙着在地窖里狩猎。

不管怎么样，塔鲁秘密记录的数字是正确的，里厄也非常清楚事情已经向着可怕的方向发展了。在看到米歇尔的尸体被隔离之后，他问理查德应该如何治疗这种腹股沟热病。

尽管几天之内，有二十几个人在出现了相同的症状后死亡，但理查德依然不认为这是传染病，也不认为这是他作为医学协会主席应当应对的公共卫生事件，无论如何，他都要等省长发布命令。

在医学协会的官员们将报告传达给省长的这段时间内，情况变得越来越糟。老米歇尔去世后的第二天，天气变得异常糟糕，天空中乌云密布，不一会儿就下起了倾盆大雨，雨水肆无忌惮地冲刷着小镇。海洋的面貌也发生了变化。那深蓝色半透明的海洋消失了，在乌云的笼罩下，海面出现了银色的闪光，亮得能灼伤眼睛。湿热的春天使每个人都渴望干燥清爽的夏天到来，在这闷热和大雨倾盆的日子里，只有那位西班牙老人很开心，因为他是个哮喘病人，他最喜欢湿热的天气。

日子一天天流逝，里厄感到越来越不安。那天晚上，他的一位住在郊区的老病人的邻居开始呕吐，淋巴结也变得异常肿大，有些甚至开始化脓溃烂。

里厄医生给各个药物仓库打电话，回复都是药物库存不足。与此同时，医生通过每天的病程记录发现，小镇上已经出现了很多起类似的病情。病人们的淋巴结肿大，血液和脓液混在一起，四肢肿胀，腿上和肚子上有深色斑点，且这些病人在死后都会发出腐败的恶臭。

当地报纸上发布的报道也很有意思。对于老鼠数量的变化，他们总是能在第一时间报道出来；但对于病人数量、死亡趋势，他们却只字不提，报纸上没有任何关于患者的信息。因为老鼠死于街头，病人死于家中，这些新闻媒体，只愿意关注看得见的信息，对于那些看不见的信息，他们总是选择假装不知道。

庆幸的是，事态不断升级，向着危急方向发展，政府终于做出了改变。如果仅从个人的数据上看，每位医生只遇到过两三例病人，这并不足以引起人们的注意，也没人会愿意采取行动。但如果有人统计一下总数，将所有医生遇到的病例加在一起，那个数字就会变得非常吓人了。

在短短的几天内，病例的数量突飞猛涨，所有人都清楚地明白，这是一场真正的瘟疫。里厄的一位同行，老医生卡斯特来找他。

"你已经知道这是怎么回事了吧？"

"我还得等化验结果。"

"好吧，我知道这是怎么一回事，不需要等什么化验结果。我曾在中国工作，见到过这种病症，二十年前我在巴黎也看到过。大家都不敢说出这瘟疫的名字，这很正常，因为那个名字是禁忌，就像我一个同事所说的那样：'这是不可能的，它已经不会出现在西欧了。'是的，除了死者，每个人都这么麻痹自己！里厄，你知道我说的是什么。"

里厄思索着，他从诊疗室的窗户向外望去，望向远处地平线上，阻断了海湾的高高的悬崖。天空虽然是蓝色的，但随着光线的减弱，它的光泽也在减弱。

"是的，卡斯特。"他回答，"本不该这样说的，但这确实像鼠疫。"

卡斯特站起来，开始走向门口。

"你知道，"卡斯特说，"他们会怎么堵我们的嘴，他们一定会说，鼠疫在温带国家早就绝迹了。"

"怎么确定它已经绝迹了？"里厄耸了耸肩，"而且就在二十年前，巴黎不是就发生过？"

"对。我只希望这次不要比那次的情况更糟。"

故事说到这里，我们有必要对"鼠疫"这个词进行一番说明。它同战争一样，对人类社会具有非常深远的影响，而且发生的频率也并不比战争低。瘟疫的发生，不仅会造成人口的死亡，还会造成经济的损失，使身处疫情之中的人备受精神折磨。要知道，它的发生甚至比战争还要突然，它什么时候开始、是因为什么而发生、什么时候会结束、在毫无准备的情况下该怎么应对……一切都是未知的。与小镇上的民众一样，里厄医生也感到措手不及。鉴于上述的种种问题，我们应该理解他的无奈，同样也要理解他为何会在恐惧和信心之间摇摆不定。战争暴发时，人们会说："这太愚蠢了，它肯定能很快结束。"尽管战争在很多人看来可能很"愚蠢"，但这些看法并不会影响战争的过程与结果。

在这方面，小镇居民和其他人一样，都被自己的盲目支配着。换句话说，他们太自以为是，他们不相信天灾。

在这些自以为是、认为人才是世界中心的人们眼中，鼠疫是人能够控制的事情，消灭鼠疫只是时间的问题。所以，我们总是告诉自己，鼠疫不过是一场噩梦，不会持续太长时间。等天亮的时候，噩梦自然就会结束。但事实并非如此，噩梦并不会永远消失，人们会从这个噩梦进入到另一个噩梦中，而在噩梦进行的同时，不可避免地会有人死去。足够相信自己的这些人并不准备就此采取任何预防措施。

我们的民众并没有做错什么，他们也不是一定需要承担更多的责任。他们只是忘了敬畏自然，仅此而已。他们以为一切都是顺理成章的，这种顺理成章以鼠疫消失为前提，且这种想法很坚定。他们继续做生意、安排旅程，尽管他们应该更开始准备抗击这场瘟疫。

但此时此刻，他们仍然幻想着自由，却不知道只要有鼠疫存在，就没有人能够自由。

历史上，鼠疫造成了一亿人的死亡，那是什么概念？这座城镇里有多少人？里厄想到这里，就觉得心被揪紧了。

约瑟夫·格兰德来访时，里厄的脑子已经被"鼠疫"二字占据了。格兰德在市政办公室当办事员，他需要负责各种各样的事情。他有时在统计部门工作，负责统计出生、结婚和死亡的人数。他现在的任务就是计算最近几天的死亡人数，他乐于助人，主动地把最新的数字复印给医生。

格兰德手里挥舞着一张纸，他的邻居科塔德陪着他，他前不久因为试图自杀给医生添了不少麻烦。当然，和现在的形势比，这些事情都不值一提。

"数字还在上升，医生。四十八小时内死了十一个人。"

里厄和科塔德握了握手，问他感觉怎么样。格兰德插了一句话解释说，科塔德一心要感谢医生，并为他给医生造成的麻烦道歉。但里厄并没有在意这些事情，他现在所有的心思都在那张写着死亡人名的统计表上。

"好吧。"里厄说，"也许我们应该下定决心，给这种疾病一个准确的名字了。到目前为止，我们都在犹豫不决。我要去实验室了，有人愿意和我一起去吗？"

"行啊！"格兰德说着，跟在里厄后面走下楼梯，"我也觉得要重视它，不过它到底叫什么名字？"

"这个，我劝你还是别知道了。"

他们朝亚姆斯广场走去，科塔德仍然保持着沉默，街上开始挤满了人。小城的黄昏很短暂，没一会儿，城市就被夜幕笼罩了，星星在仍然清晰的地平线上闪烁。过了一会儿，所有的街灯都亮了起来，天空更暗了，街上的声音倒是提高了一个音调。

"对不起。"格兰德在阿姆斯广场的拐角处说，"我得离开啦，属于我的夜晚时光神圣不可侵犯。就像我们那里的人所说的：'今天的事永远不要拖到明天。'"

里厄已经注意到格兰德的言辞里有一些含糊的地方，他问格兰德，他是不是在为市政办公室做额外的工作。格兰德说没有，他是在为自己工作。

"真的吗？"里厄说道，"那这份兼职怎么样？"

"考虑到已经在这一行干了很多年，如果说不适应不习惯，那才奇怪呢。"

"请问。"里厄停住了，"那份兼职具体做什么呢？"

格兰德把手举到他的帽子上，又把帽子拉到他那双大耳朵上，低声说了一些话，似乎是作为回答。不过没等医生听清楚，他的身影就从马恩大道两旁的无花果树下消失了。

和他们分别后，里厄的思绪一直沉浸在这场可怕的瘟疫当中，他试图想象瘟疫已经全面暴发，而不只是思考现在这个潜伏期。当然，医生想象的那场瘟疫肯定地现在正经历的事情要可怕得多，他想的是堪称灾难的一场鼠疫。

"他是那种遇到这种情况总能逃避责任的人。"里厄记得在什么地方读到过，鼠疫喜欢免疫力强大的人，会放过那些老弱病残。他又想到了格兰德，从格兰德的种种行为来看，他实在是太神秘了。

的确，乍一看，格兰德表现出了当地政府部门那种小公务员的形象和典型作风。他又高又瘦，总是选择大一号的制服，因为他觉得这样可以穿得更久。他的下颚还有大部分牙齿，但上颚的牙齿都不见了，当他微笑着抬起上唇时，下颚几乎没有动，这使得他的嘴里仿佛出现了一个小黑洞。他走路的样子像个害羞的年轻牧师，总是侧着身子沿着墙壁，像老鼠一样溜进门，他的身上总是散发出一股淡淡的烟味和地下室的气味。总之，他具有一切无足轻重的人的典型特点，除了伏案工作，特意修改市镇浴场的收费标准，或为一名初级秘书收集一份关于新征收垃圾税报告的材料之外，要描绘出他工作时的形象和内容简直需要绞尽脑汁。甚至，在你还不知道他的工作是什么之前，你就有一种感觉——他来到这个世界上，唯一的目的就是做一个临时的市政助理办事员，恪尽职守，每天领着六十二法郎三十生丁的薪水。

事实上，他每个月都要在市政府的职工名册上，在他所从事的岗位一栏登记他的专长，而他自己也的确按照登记的那样执行的。二十二年前，在取得学位证书之后，由于穷，他无法继续深造，只能寻来这份工作，这份工作要求不高，只要证明他有能力处理本市行政部门提出的棘手问题就行了。政府向他保证，一旦他的能力得到肯定，就一定会被升职，并过上相当舒适的生活。

对职位晋升的追求，并不是激发约瑟夫·格兰德的唯一动力，从他脸上的苦笑就能看出他的真实想法。他只是希望能通过这份相对稳定的工作，获得物质生活上的满足，至少让他不用担心最基本的生活需求。只有吃饱了肚子，才能有力气和时间去发展自己的业余爱好。回想当初，他之所以会接受政府给他提供的这个职位，就是因为这份工作能让他追求自己的爱好。

这种"暂时的"状态一直持续着，格兰德的生活支出日益增多，而他的工资，虽然有一些法定的上调，但依然十分微薄。他跟医生诉过苦，但似乎没有人能真正地了解他的处境。

格兰德当然希望获得更多的薪水，就像当初政府承诺他的一样，但他总是不争不抢，得过且过。他想抗议一直没有升职加薪，但又害怕所谓的"权力"，这个词总是让他踌躇不前。在权力面前，他只能将自己心中的愤愤不平转换为一封措辞温和的抗议信，但这明显是没有什么用的。他也可以去找当初那个承诺过他的政府人员，但是如果他向他提起了这个承诺，就意味着他在要求更多的权力。更何况，当年的那个官员或许早已去世了。困住约瑟夫的，是他的性格，在他看来，他提出涨薪的建议是胆大妄为的，而他所担任的职位是极其卑微的，他没有资格提出要求。就像你怎么可以要求一棵小草去祈求上天下一场大雨一样——毕竟大树都还没有说什么呢。

另外，他拒绝使用诸如"您的好意""感激"甚至"请求"之类的字眼，在他看来，这些字眼与他个人的尊严是不相容的。因此，由于他找不到合适的词语，他就得继续从事他那默默无闻、报酬微薄的工作，直到他上了年纪。不管怎么说，这也是他对医生说的，他来这儿是根据多年的经验，认识到自己总是可以量入为出，他所要做的就是根据收入减少需求。只要这样做，就能像市长说的那样，没人会死于饥饿。无论如何，格兰德过的那种简朴的、苦行僧一般的生活，归根结底是因为他没有找到合适的措辞，他只能继续过着这样的生活。

想到在这样默默无闻的公务员生活的地方，竟然要暴发一场鼠疫，医生忽然觉得这个世界十分不真实。

第二天，在医生的坚持下，省政府不情不愿地开了一场卫生会议来讨论这个问题。

"城里的人们越来越紧张，这是事实。"理查德医生承认，"各种谣言也在四处流传，但这根本是无稽之谈，现在形势好得很。"

"你知道吗？"卡斯特在车里私下跟他们说，"整个地区连一克血清都没有。"

"我知道，我给仓库打了电话。主任似乎很吃惊，他说怎么现在才准备申请从巴黎调来血清。"

"希望他们能快点儿，我昨天又发了一份电报。"里厄说。

卫生委员会主席很友好地跟他们打招呼，但可以看出他的神经有点儿紧张。

"让我们开始吧，先生们。"他说，"我需要重新审视一下形势吗？"

理查德医生认为没必要，形势非常平稳。

"问题是，"老卡斯特粗鲁地插嘴说，"要知道这到底是不是鼠疫！"

这不吉利的词一说出口，在场的两三个医生立刻表示了反对。

主席吃了一惊，急忙朝门口瞥了一眼，为了防止这不吉利的话传到走廊里被人听到，埋查德赶紧出来阻止。他表示，最重要的是不要被一些危言耸听的观点吓到，目前所能说的就是我们必须处理一种特殊的、有腹股沟并发症的发烧而已。要知道，无论是在医学上，还是在日常生活中，过早地下结论都是不明智的。

卡斯特抬起他的头，在用友好的目光扫视了委员会的其他成员之后说，他很清楚这是一场鼠疫。如果官方承认这一点，当局将被迫采取非常激烈的处置方式，这就是他的同事们不愿面对事实的原因。

"要是改个名字就能让它终结，又能让你们安心的话。"老医生卡斯特嘲讽道，"那我很乐意给鼠疫改个名字。"

看得出来，官员对卡斯特的这种态度非常恼火，他又问了里厄的意见，里厄想了想，回答道："我们正在应对的，"他说，"是一种带有伤寒性质的发烧，还伴有呕吐和淋巴结肿大。我切开了这些淋巴结，分析了脓液，我们实验室的分析人员在脓液中发现了鼠疫杆菌。但我必须补充的是，有些症状不完全符合感染了鼠疫杆菌的权威表述。"

听完里厄的意见，理查德很高兴，他立刻插话说这证明了观望和谨慎行事是正确的。

"当一个微生物，"里厄说，"可以在三天内使脾脏的体积增加四倍，使肠系膜神经节膨胀到一个橘子大小，并使它们像稀粥一样黏稠，至少可以说，观望的政策是不明智的。感染的病灶正在稳步扩大，从这种疾病传播的速度来看，除非我们能彻底抑制住它，否则它很可能在两个月之内杀死镇上一半的人。既然如此，你管它叫鼠疫还是罕见的热病都无关紧要了。最紧要的是要防止它夺走这个城镇一半的人口。"

理查德又立刻抗议，他认为把情况描述得过于悲观是错误的，而且，这种疾病还没有被证明具有传染性。事实上，住在同一屋檐下的病人的亲属都逃过了这一劫。

"但也有人死了。"里厄说，"传染不一定在什么时间通过什么途径发生，但如果真的发生了，到时数据会暴涨，死亡率会灾难性地飙升，所以这不是要不要悲观面对的问题，这是一个需要预防的问题。"

然而，理查德总结了他所看到的情况，他指出，如果流行病不能自行停止，就必须采取法典中规定的严格预防措施。要做到这一点，就必须正式承认鼠疫已经暴发，但这样做的话政府并没有绝对的把握，因此，任何草率的行动他都是不赞成的。

里厄坚持他的观点："关键不在于法典中规定的措施是否严格，而在于是否有必要采取这些措施来避免一半人口的死亡。其余的都是行政范畴的问题，我想我必须提醒你，我们的宪法已经规定了，在这种紧急情况下，你们会被授权发布必要的命令。"

"你说得完全正确。"主席同意道，"但我需要你的专业声明，即此次流行病是鼠疫。"

"即使我们不做出这样的声明。"里厄说，"这场灾难也不会停止，有可能会有一半的人口被消灭。"

理查德不耐烦地插嘴："事实是，我们的这位同行只能确定这是某种综合征，他先前所描述的一切症状也只能够说明这一点。"

里厄表示，就目前的情况来看，他无法百分百确认这是鼠疫，但这也肯定不是什么简单的流行病。只能说这是一种淋巴腺炎，起病时，患者会高烧伴随谵妄，甚至在四十八小时内就有可能死亡。若这场疾病真的暴发，那理查德医生是否能够担得起责任呢？

理查德犹豫了一下，然后盯着里厄看。

"请坦率地回答我，你坚持认为这是鼠疫吗？"

"你这问得不对。请不要跟我玩一些文字游戏，现在最重要的是争取时间。"

"你不是说这是鼠疫吗？"

"即使不是鼠疫，也应该立即实行法律规定的预防流行疾病的措施。"

"所以你的意思是，我们要把这种流行病进行夸大，当鼠疫来对待？"理查德咄咄逼人地说。其他医生纷纷附和理查德，但里厄毫不让步。

"无论你使用什么样的说法，我都无所谓。"里厄说，"我的观点是我们要随时准备着拯救小镇里一半人的生命！因为这可怕的猜想马上就要变为现实了！"

说完，里厄怒气冲冲地走出会议室。几分钟后，当他驾车行驶在一条充斥着炸鱼和尿液气味的后街时，一个女人在路边痛苦地尖叫着，她的腹股沟流着血，向医生无助地伸出双臂。

委员会会议后的第二天，这件事有了一个小小的进展。

里厄注意到，城里多处贴出了一些小小的官方通告，不过都在一些不太引人注意的地方。从这些通知中很难看出有关当局正视形势的任何迹象。

已颁布的措施谈不上有多严厉，政府还有意地在这份通告中隐去了很多重要信息。目前的措施就像是为了不引起公众恐慌而特意做出的通告，通告开头是一份光秃秃的声明，说奥兰城报告了几例恶性发烧病例，到目前为止还不能确定这种发烧是否会传染。这些病例的症状还没有可怕到令人不安的程度，当局确信，只要民众保持冷静，政府一定会用最快的速度处理好当前的局面。然而，为了能最大限度地取得民众的谅解，省长秉持着谨慎的工作态度，正在实施一些预防措施。这些措施是政府人员共同研究的结果。当局认为，只要实施这些措施，就能避免一切疾病泛滥。省长认为，这样的做法是没有一丝漏洞的，它既可以展现政府的作为，又能保护民众的生命安全，因此民众一定会全心全意地支持他的这一举措。

这份通知里概述了政府拟定出来的总体方案，其中要求有关部门有计划地向下水道注射毒气，以此达到消灭老鼠的目的。此外，对每家每户的供水也要进行溯源，要保障生活用水和居民饮水的安全。镇上的居民还被要求每天保持高度的清洁，凡是在身上发现跳蚤的人，一定要第一时间到市立诊所去检查身体。另外，如果家中成员出现了发热等症状，户主有义务在患者就医时，将其所有症状告知医生，并允许患者到医院里的特殊病房进行隔离。通知里特地补充说，病房会为患者提供及时的治疗，以确保患者能最快地康复。

通知中还补充规定了几条事项，即对病房以及运输病人的车辆进行强制消毒，凡是与病人有过接触的人，一定要告知卫生检查员，并严格按照他们的要求去进行检查。

当天下午，里厄去找卡斯特询问最新的消息。血清仍然没有送过来，而这些鼠疫杆菌似乎出现了变异，他们还没有什么办法能阻止它的传播。里厄医生意识到，每当他想到瘟疫时，笼罩在他身上的那种有点儿头晕的感觉就变得格外明显，他不得不承认，自己已经开始害怕了。

他开始经常进入拥挤的咖啡馆，只有与人类进行频繁而友好的交流，他才能获得一点点温暖和安全感。里厄心里清楚，这是一种愚蠢的本能。

里厄医生的这一天是这样度过的：乘着长途马车到城里的每个角落去，同病患的家属们一起讨论病情，他从来没有像现在这样感到他的职业是如此不受尊重。他的病人曾经很乐意把生命交在他手里，而现在，里厄第一次感到他们在疏远自己，他们正在用一种说不清道不明的敌意把自己裹在疾病之中，这是一场他还不习惯的斗争。晚上十点，他把车停在他的老哮喘病人的家外面，那是他这天最后一次来看望他。他徘徊了一会儿，凝望着黑暗的街道，看着星星在黑暗的天空中若隐若现。

里厄走进屋子的时候，老哮喘病人正坐在床上，像往常一样，数着一只平底锅里的干豌豆。一见到客人，他就抬起头来，喜形于色：

"嗯，医生？是霍乱？"

"你从哪里听说是霍乱的？"

"报纸上有，广播里也说了。"

"不，不是霍乱。"

"不管怎么说。"老哮喘病人兴奋地笑着说，"那些人把这场疾病说得太夸张了，是不是？"

"你千万不要这么想。"里厄说。

里厄打量着老哮喘病人，他正坐在那间肮脏的小餐室中间。他知道，仅在这个郊区，就有十几个愁眉苦脸、畏畏缩缩的人等着他第二天早上的拜访，其中只有两三个病例的淋巴结症状有明显的改善，大多数人都要去医院，里厄知道穷人对医院的感受，"我不希望他们在他身上做实验。"一个病人的妻子曾这样告诉他。但实际上，这些病人不会被人拿去做实验，他们只会死，仅此而已。至于那些"配有特殊设备"的病房，他知道它们指的是什么：那是两间外屋，原先住在这里的病人都从里面匆匆撤离，窗户被密封得严严实实，四周还设了一道卫生警戒线，除此再没有任何能帮助病人的设备，病人最终能够痊愈只能依靠奇迹。当然，从当局目前制定的措施来看，政府暂时还不会把他们抓起来，这勉强算是个好消息吧。

尽管如此，那天晚上的官方公报还是乐观的。第二天，兰斯多克情报所宣布，地方政府制定的规定已全面实施，已有三十名病人报告了病情。卡斯特给里厄打了电话：

"特殊病房有多少张床？"

"八十张。"

"镇上的病例肯定不止三十例吧？他们查过葬礼的数量了吗？"

"没有。我在电话里告诉理查德，我们需要枳极主动地采取措施，而不仅仅停留在口头上，我们要是不能建立真正有效的屏障来对抗鼠疫，那就全完了。"

"他怎么说？"

"他说他没有超能力，我看是真的要完了！"

果然，仅仅三天的时间，两个特殊病房都住满了。理查德说，有传闻称要征用一所学校并开设一所专门的医院。里厄继续等待着抗鼠疫血清，继续给切开的淋巴结排脓。卡斯特又回到了他的旧书中，他每天都花很长的时间待在图书馆里。

"那些老鼠死于鼠疫，或者类似的东西。"卡斯特说出了自己的结论，"它们在镇上传播了数万只跳蚤，如果不及时控制，这些跳蚤传播疾病的速度将呈几何级数增长。"

里厄不知道该说些什么。

大约就在这个时候，天气转晴了，太阳把大雨形成的最后几个水洼都晒干了。每天早晨，湛蓝的天空都会泛着金色的光芒，天气越来越热，有时还能听到飞机的嗡嗡声，一切似乎都很美好。然而，在四天之内，因鼠疫而死亡的人数有了惊人的进展：第一天是十六人，第二天、第三天、第四天分别是二十四、二十八、三十二人。第四天，政府正式宣布在一所小学的校舍开设专门的医院。当地居民曾经用俏皮话来掩饰他们的焦虑，但现在他们似乎连说话都变得结结巴巴，脸色也逐渐阴沉了起来。

里厄决定给省长打电话："这些规定还远远不够。"

"是。"省长回答，"我看过那些统计数据，就像你说的，它们变得令人不安了。"

"这不是令人不安的问题，这是会继续恶化的问题啊！"里厄焦急万分。

卡斯特最关心的还是血清问题，而他得到的答复永远不紧不慢："这周就会来。"

与此同时，总督又通过理查德向里厄发出指示，请他起草一份备忘录，转送到殖民地的中央行政部门，恳请中央发布命令。

里厄在这份备忘录中详细地记录了自己所有关于鼠疫的临床诊断，以及目前的一些统计数据。在同一天，当地已经报告了四十起死亡病例，这不是一个小数字。政府的长官或许是意识到了问题的严重性，他们新增了一些防治措施：所有发热病例的申报和隔离都要严格执行，病人的住所要封锁并消毒，跟病例住在同一所房子里的人要接受隔离，葬礼将由地方当局监督进行，具体方式将在后面公布。第二天，飞机将血清送到了，其他的应急物资也足够了，但如果疫情蔓延就不够了。随物资一起来的电报说，他们那里的紧急储备已用完，正在到处调集新的物资。

与此同时，春的气息正从四面八方向城里涌来。在市场上和街道两旁，成千上万朵玫瑰在花商的花篮里从盛放到枯萎，空气中弥漫着鲜花的芳香。从表面上看，这个春天跟往年春天没什么两样。在高峰时间，有轨电车里总是挤满了人；人不多的时候，这里依旧又脏又乱。塔鲁还是在做他的记录，格兰德每天晚上都赶回家，参加他那神秘的文学活动，科塔德照常散步。

西班牙老哮喘病人还是每天把他的干豌豆从一个锅里倒到另一个锅里，有时里厄医生会碰到新闻记者兰伯特，兰伯特对自己所看到的一切还是一如既往地表现出极大的兴趣。

到了晚上，街上像往常一样挤满了人，电影院外的队伍甚至更长了。这个流行病的传播速度似乎正在减弱，在某些日子里，每天只有十起死亡病例。但是，突然间，数据又激增起来，每日的死亡人数又回到三十。里厄宣读了省长刚刚递给他的一封官方电报，信上写道：

宣告鼠疫暴发，封城。

第二部分

　　从现在起，鼠疫可以说是我们大家都关心的问题了。这场灾难刚开始时，尽管每个公民都对周围发生的奇怪事情感到恐慌，但在大多数的情况下，他们都照常进行着自己的工作。毫无疑问，他们认为这件事不会有太大的波澜，就算在有疾病流行的前提下，生活也依然会继续。但一旦城门关闭，小镇里的每个人都意识到，包括叙述者在内的所有人都在同一条船上，每个人都必须适应新的生活，例如与所爱之人分离的痛苦。类似这样的事件突然之间变成了一种大家都有同感的情绪，人们在面对分离的同时也伴随着恐惧，这或许是即将到来的一段时间中最大的痛苦。

　　事实上，关闭城门最显著的后果就是，这种毫无预兆的封城，降临到了每一个没有准备的人身上，他们不得不面对分离。

　　那些母亲与孩子，丈夫与妻子，就在几天前，他们还以为这只是一次最寻常、最普通的分别。他们习以为常地在家门口挥手说再见，在站台亲吻告别，或许还会说上几句无关紧要的话，像是"常联系""照顾好自己"这样的场面话。因为他们始终相信，过不了几天，最多几个星期，他们就会再见面。人类总是这样自信，会义无反顾地相信自己脑海中设定的美好未来。令他们措手不及的是毫无预兆、毫无准备地开始了与世隔绝，不能再见面，甚至不能联系的生活。实际上，在官方公布信息前的几个小时，城门就已经关闭了。政府并不会考虑你是否还有重要的事情要做，是否还有重要的人要见。这种不带一点儿人情味儿的封城，让城里的人怨声载道。

在封城令发布的头几天里，省长办公室被一大群不甘于现状的人围了起来，他们提出是否能够通融一下，让自己与家人见个面或者打个电话。每个人的需求都很迫切，但政府的规定并没有因此而有所松动。几天后，当一切诉求都得不到解决时，人们意识到，现在已经到了走投无路的阶段，什么"特殊安排""青睐"和"优先"，在此刻都失去了意义。

我们甚至连写信这点儿小小的要求都得不到满足。事情是这样的：小镇不仅封城，还禁止向城外邮寄信件包裹，以避免携带传染病的信件在城外传播。一开始，少数幸运儿成功地说服了城门口的卫兵，让他们把信息传递到城外。但那还是在流行病刚出现的时候，后来，当这些卫兵意识到形势的严峻性时，他们断然拒绝了送信这一请求，因为他们不敢承担那些无法预见的后果了。刚开始，大家还可以通过电话的方式向城外的人传达想念，但很快便造成了电话亭拥挤不堪、线路接错等情况。政府当即颁布新的法令，除紧急情况，如死亡、结婚

和生育外，民众一律不得打长途电话。

最后，我们只能求助于电报。要知道，电报在通信上是极其复杂的，允许使用的短语并不多，这让那些因思想、感情和肉体受到严重摧残而迫切地想与外界有所联系的人感到十分苦恼。因为他们需要从短短的几个字符中，感受到对方的情绪，找到对方在乎自己的痕迹。很快，电报中能使用的短语就用完了，所有的想念、悲伤与喜悦，都被化为简单的"想你""爱你"这样的陈词滥调。

我们中还是有人在坚持写信，他们每天都会花费很多的时间来思考如何将信送出去，但那些自以为完美的计划总是会落空。或许真的有人成功将信送出去了，但他们自己却并不知道，因为没有人收到过回信，所有的信件都像是在自言自语，得不到任何人的回复。于是，一连几个星期，他们都不得不重复着同一封信上的内容，那些生活中精彩的片段、对某人深沉的思念，在一遍遍地重复中变得索然无味。以至于到后来，人们心中那些情真意切的话丧失了其本应该具有的浓烈的情感，也就失去了意义。但人们已经无计可施了，只能继续写下它们，试图通过那些呆板的词句来表达自己的苦难。到最后，与这些不断被重复的乏味独白相比，电报中那些无法透露太多感情的规整话术，好像受到了更多人的欢迎。几天过后，政府还是没有下达任何关于城市解封的公告，大家都很清楚，现下想要出城，已经是不可能的了。

人们开始询问，在疫情暴发之前离开的人是否可以返回。经过几天的考虑，当局作出了肯定的答复。但是，他们也提出，无论如何不允许返回的人再离开这座城市，只要回到了这里，不管发生什么事，他们都得留下来。有些民众急切地希望离开的家庭成员能再次回到他们身边，因此立刻给他们发电报，让他们抓住这次返回的机会。但渐渐地，那些整日被鼠疫困扰的城内人意识到，让亲人回城，只会给他们带来被传染的风险，没有人愿意看着自己的亲人踏入危险之中，所以大家只好听天由命地继续忍受分别之痛。在疫情最严重的时候，城里只出现了一次感情战胜死亡的情况，当事人是一对结婚多年的夫妻——老卡斯特医生和他的妻子。卡斯特夫人在疫情暴发前几天，去邻近的一个城镇拜访亲友，还没等她回来，政府就宣布封城了。事实上，他们以前也算不上特别恩爱，时常会因为家庭琐事发生争执，但这次的长期分离却让他们感受到了对方的重要性。与离开对方就生活不了的困境相比，鼠疫甚至都变得无关紧要了。

但这只是个例外，对大多数人来说，这种分离显然必须持续到疫情结束。在这一时期，我们每个人都对自己的感情有了新的认识。那些原本对妻子深信不疑的丈夫，开始嫉妒和怀疑起了出城的妻子；那些对待感情非常儿戏的男人，认为自己变成了最忠诚的人；那些曾经每天与母亲住在一起，却从未真正关心过母亲的儿子，如今看着母亲脸上的皱纹，陷入了深深的自责中。

事实上，我们的痛苦是双重的：首先是我们自己的痛苦，然后是想象中的在外的儿子、母亲、妻子的痛苦。

换作其他情况，我们镇上的人也许会在更轻松、更积极的状态中找到更多打发时间的事情做，但瘟疫迫使我们无所作为，只能在镇子里日复一日重复着相同的活动，日复一日地沉浸在记忆虚幻的安慰中。我们漫无目的地在街上散步，小镇很小，如今走过的每一条街道，都是曾经与家人并肩走过的路，但死气沉沉取代了欢声笑语，那些曾经给自己带来快乐的人现在已经不在身边了。

鼠疫给我们带来了一种被放逐的感觉，一种萦绕在我们内心的空虚感，一种想要回到过去或让时间加速流逝的非理性的渴望。有时，我们想象着，想象着某人回来的铃声响起，或者楼梯上出现了熟悉的脚步声……虽然我们可以刻意忘记火车已经停运的事实，幻想家人会乘坐晚班车回到家中，此刻我们正悠闲地等待家人回来。但显而易见，这种假装游戏不会持续下去。总有那么一刻，我们不得不面对没有火车进站的事实，然后我们意识到分离注定要继续下去，我们别无选择，只能硬着头皮面对未来的日子。

总之，我们回到了"监狱"里，除了回忆，我们一无所有。即使有些人想活在未来，但他们一旦想象到这段日子给自己造成的创伤，也会尽快放弃这个念头。

值得注意的是，我们镇上的人很快就不再去计算他们可能被禁锢在城里的时间了，因为最悲观的人已经确定了这与世隔绝的时间，他们假定是六个月，当他们预想自己需要经历与亲人长达六个月的离别，并因此竭尽全力地、勇敢地面对现实的折磨时，他们遇到的某个朋友、看到的报纸上的一篇文章、听到的一种模糊的推测，或者是一种忽然的念头，就会告诉他们，这场传染病可能会持续超过六个月，或者一年，甚至更久。

在这样的时刻，他们的勇气、毅力和忍耐力突然就崩溃了，他们觉得自己再也不能从深渊中爬出来了。他们强迫自己永远不要去想疫情结束的那一天，他们不再展望未来。可以说，他们的眼睛永远只盯着脚下的地面。当他们想象重聚的画面时，他们可以暂时忘记瘟疫，但他们很快又不得不面对实际情况。因此，在这看不到未来的日子里，他们不是像人一样地活着，而是如行尸走肉一般，只能漫无目的地四处游荡，生活枯燥、无聊，就像徘徊的影子，找不到生命的意义。

他们认识到，囚犯和流亡者最大的悲哀，就是生活在毫无意义的记忆中。每当他们回想过去，脑海中便充满了遗憾。他们清楚地知道，自己的生活中好像缺失了一些东西，他们很想回到过去，将那些本可以完成却没有来得及做的事做完，但如今呢？他们就像住在监狱里被铁链锁住的那些人，心中是对过去的想念、对当下的不耐烦、对未来的放弃。想要摆脱这种难以忍受的情况，唯一的办法就是活在想象中，想象着火车会再次开动、门铃会再次响起、楼梯间会再次出现家人的脚步声。

对我们大多数人来说，这就是在自己家里的一种流放。虽然叙述者只经历了常见的流放形式，但他也不能忘记一些人，比如记者兰伯特等。那些旅行者被迫留在城镇中，比居民过得更加窘迫，他们不仅见不到自己想见的人，还身处异乡，心中是前所未有的孤独与无助。如果镇上的居民在街上看到一些神色慌张的人，不用怀疑，那一定是外来的旅行者们。他们常常去尘土飞扬的街道上闲逛，从太阳升起的那一刻一直逛到星星布满夜空。他们就像一群无处落脚的燕子，被动地感受着薄雾笼罩的清晨、骄阳似火的正午和暮色苍茫的黄昏，哪怕是阳光在街道上折射出的古怪光线，都会激起他们对家乡的思念。只因家乡有同样的晨光、露水和斜阳，他们竭尽全力地让自己能从种种景象中获得一些安慰。

封城之后，港口很快也停运了，货船不允许在奥兰靠港，自从城门关闭以来，也没有车辆进入这个城镇。从那天起，奥兰给人的印象就是所有的汽车都在原地打转。

站在山坡上的林荫大道往下看，人们会发现港口呈现一种奇特的面貌。使这座城市成为沿海主要港口之一的所有商业活动都停止了，只有几艘被隔离的船只停泊在海湾里。码头上那些闲置的起重机、侧躺着的手推车、被遗弃的一堆堆麻袋和油桶，都在向人们证明商业也死于鼠疫了。

尽管看到了这样不寻常的景象，我们镇上的人还是没有把这场灾难放在心上。虽然他们都感受到了恐惧和分离的痛苦，但个人利益仍然被他们排在了首位。到目前为止，大部分人都还没有意识到这种疾病的危害。大多数人只是对那些扰乱了自己的生活节奏、侵害到自身利益的事情觉得很愤怒，但这些情绪是无法抵抗鼠疫的。在面对逐渐严苛的政策时，他们的第一反应就是政府滥用职权，这些规定不能修改一下，放宽一些吗？现在，政府每周都要他们提供一份死亡人数报告，在这方面，公众的反应也比预期的要慢。

仅仅是在鼠疫暴发的第三周，政府就发出了三百零二人死亡的公告，但这个惊人的数字依然没有引起人们的关注。他们的想法总是很乐观。首先，这三百零二个人的死亡可能不是鼠疫造成的；其次，镇上没人知道平时每周的平均死亡人数是多少，这个城镇的人口大约有二十万，不知道目前的死亡率是否真的那么不正常。事实上，没有人会为这类统计数据操心，尽管这些数字已经将严峻的形势摆在了大家面前。总之，公众缺乏能作比较的标准。

只有随着时间的推移，死亡人数稳步上升，公众才能意识到事实的真相。到了第五周，死亡人数达到了三百二十一人，第六周三百四十五人。不管怎样，这些数字的增长都极具说服力。

然而，这些数字仍然不够耸人听闻，无法让我们的市民提高警惕，虽然他们已经有些心烦意乱了，但仍坚持认为发生的所有不幸都是一种意外。尽管令人不快，但只是一种暂时的现象。

他们像往常一样在城里溜达，坐在咖啡馆露台上的桌子旁闲聊。从严格意义上来讲，我们的居民并不缺乏面对困难的勇气，当他们聚在一起时，通常都是互相开着玩笑，而不是怨声载道。他们装出一副满不在乎的样子去接受那些令人不愉快的事实，哪怕他们都在装腔作势。然而，到了月底，事态的发展开始变得更严重了，一系列措施的发布，彻底改变了这座小城。

首先，省长采取控制交通和食品供应的措施：汽油实行定量配给，食品销售受到限制，并下令减少用电。只有必需品可以通过公路或飞机被带到奥兰。路上的车变得越来越少，私家车几乎都不出门了。奢侈品商店一夜之间关上了门，其他商店也开始张贴"售罄"通知，而成群的消费者还是站在门口等候。

奥兰这座小城呈现出一副从未有过的样子，街上出现了越来越多游手好闲的人。由于商店和许多办公室都关门了，街上和咖啡馆里挤满了人，人们变得无所事事。人们目前的状态还不足以用失业来形容，大家更像是在度假。下午三点的奥兰城，风和日丽，让人不禁觉得这里正在举行一场欢乐的公众集会。那些关闭的店门，被勒令停止的交通，不过是为了让民众可以更自在地加入街头的派对中。

当所有的户外娱乐都被禁止时，电影公司自然从中受益，大赚了一笔。然而，由于电影在该地区的流通已经停止，他们在观影多样化方面遇到了困难。两周后，不同的电影院被迫交换影片，再过一段时间，电影院放映的都是人们看过的影片。尽管如此，他们的收入却没有减少。

因为这是一个以葡萄酒和烈酒交易为主的小镇，所以即使贸易不再繁荣，小镇上也依然有大量的库存，咖啡馆照常营业，人们可以在里面尽情地饮酒。这一段时间，很多居民已经变得酗酒了，为了提高经济收益，咖啡馆想到了一个绝妙的点子，他们将自己的广告语变成了"预防感染最好的办法就是一瓶好酒"。酒精能消毒这个观点，已经是众所周知的了，所以这样的广告自然让公众深信不疑。一时间，咖啡馆挤满了前来喝酒的顾客，每天快到凌晨两点的时候，都有许多醉汉被店员从咖啡馆里赶出来。他们跟跟跄跄地走在街上，大声地宣扬着乐观主义。

从某种意义上说，所有的变化都是那么不可思议、那么突然。在民众眼中，这些突如其来的变化，是不可能持久的，因此他们继续把注意力集中在自己的身上。

医院大门关闭两天后，里厄刚从医院出来，便在街上遇见了那位上吊未遂的科塔德先生，科塔德感谢了医生，并询问起瘟疫的情况。

"肯定要一团糟了。"里厄医生无奈地说。

他们一起走了一小段路，科塔德讲了他那条街上一个杂货店老板的故事，他把大量罐头食品摆在床下，打算过段时间卖掉，赚一大笔钱。可惜他自己也患上了鼠疫，当救护人员来接他时，他的床底下还有几十罐肉罐头。

"他死在了医院里，还没来得及赚到钱，太可惜了！"科塔德兴致勃勃地继续讲着他听说的各种故事，其中有一个男人出现了各种症状，高烧不退，冲到街上，扑向他遇到的第一个女人，拥抱着她，还高喊着"成功了"。

就在同一天的下午，格兰德也去拜访了里厄医生，那时里厄正在望着太太的照片发呆，能够离开这座被鼠疫包围的城镇，这很不错；但如果太太的病能康复，那就更不错了。

格兰德想起了自己的妻子珍妮。他在十几岁的时候，娶了一个穷苦女孩为妻，为了结婚，他放弃了学业，转而从事目前的工作。在互生情愫的那些日子里，他曾经去她家看她，她的父母都喜欢取笑她那害羞、沉默寡言的追求者。珍妮的父亲是一名铁路工人，下班时，他总是将双手撑在大腿上，一脸严肃地坐在窗户旁边的角落里，凝视着路人。她的母亲总是忙于家务，珍妮则是她的帮手。

他们的爱情故事起始于圣诞节，他以为之后的故事也会顺顺利利。他们结婚了，格兰德努力工作，但他供职的办公室没有兑现诺言，这导致他们的生活一直过得很拮据。为了补贴家用，珍妮也需要出门工作。贫贱夫妻百事哀，格兰德在加班过程中逐渐失去了对妻子的爱，他的话越来越少，妻子也越来越感受不到丈夫的爱。丈夫每天努力工作，但生活却毫无起色。曾经幻想着的美好未来，在琐碎的日常和一贫如洗的生活中逐渐消失殆尽。每当夜晚来临，珍妮便会在寂静中思考：爱情真的可以在这样的条件下继续吗？珍妮临走时，给他留下了一封信，格兰德至今记忆犹新：

"我爱你，但我太累了。"

那天晚上，里厄给妻子发了一封电报，告诉她城镇已经被封了，她必须多加小心，继续疗养身体。他心里一直在想着她。

封城的第三个星期，里厄正要离开医院时。发现有个年轻人在医院外等着他。

"你还记得我吧？"

里厄觉得他很面熟，但一时想不起此人是谁。年轻人连忙介绍自己，他是那个曾经采访过里厄的记者，但他现在已经不像之前那样自信满满了。

"我必须道歉。"他说，"实际上，我在这里一个人都不认识，而且我们报社派到这里的工作人员，完全是个废物。"

里厄和这个记者一起穿过黑人区狭窄的街道。夜幕降临了，曾经在这个时候很喧闹的城市，现在却出奇的安静，唯一的声音是一些小虫回荡在空中的叫声。落日的余晖将整座城市都染成了金色，可以看见整齐的军队正在街道上装模作样地执行军务。

四下无人的街道两旁，只有蓝色、淡紫色和橘黄色的墙壁静静地耸立着。兰伯特说个不停，甚至有些歇斯底里了。

他说，他的恋人留在了巴黎，镇子刚被隔离，他就给她发了封电报。起初，他认为这样的情况并不会持续太久，自己跟恋人也许只需要短暂地分别一段时间。为了让恋人放心，他特意写了一封信，但是邮局的工作人员不同意将信件邮出去，甚至还当面嘲讽了他一番。他只好找自己的媒体朋友们帮忙，但大家都表示无能为力。后来，他排了好几个小时的队，才发了封电报出去，电报上面只有一句话：一切顺利，希望快点儿见到你。

但就在电报发出去的第二天，他就意识到了问题的严重性：这是一场不可能轻易终止的灾难。所以他决定想办法离开这座城镇，他是个记者，有办法找到省长办公室的一位高级官员。他说他和这个城市没有任何关系，也没有理由留下来，因此他有权离开，出城后，他愿意接受一段时间的隔离。他的请求如此诚恳，但还是被官员一口回绝了，官员表示，在这个特殊时期，奥兰城没有可出城的特例。

"可是，该死！"兰伯特叫道，"我不属于这里！"

"不管怎样，我们都希望这场流行病可以很快结束。"最后，这个官员试图安慰兰伯特。作为一名记者，他在奥兰也许可以发现一个很好的题材。的确，仔细想想，无论这件事多么令人不快，都有它好的一面。兰伯特只好暴躁地耸了耸肩，走了出去。

"太蠢了，医生，你能理解吗？我以为，我来到这个世界不是为了写报道，我来到这个世界上是为了和我爱的姑娘生活在一起，不是吗？"

里厄谨慎地回答说，他的话也有些道理。

市中心的林荫大道不像往常那样拥挤，仅有几个人正匆匆赴往城郊的住处，任何人的脸上都看不见笑容。

"事实上，"兰伯特突然说道，"我看得出来，我让你厌烦了。对不起。我只想知道，你是否能给我一份证明，证明我没有得这种该死的病。或许这样我就能出城了。"

他们继续往前走，不一会儿便来到了达梅斯广场，灰蒙蒙的棕榈树和无花果树垂头丧气地耷拉在共和国雕像周围，雕像上也沾满了灰尘和污垢。他们在雕像旁边停了下来，里厄在石板上跺了跺脚，想震掉鞋面上的白灰。兰伯特的帽子滑到了脑后，衬衫领子在打了结的领带下散开，他看上去愤怒又固执，就像一个受了重伤的年轻人。

"请不要怀疑，我完全理解你。"里厄说，"但你必须明白，你的论点根本站不住脚。我没法给你开那个证明，因为我不知道你是否被感染了。就算我知道你原先没有被感染，我又怎么能证明，从遇到我到省政府这一段路，你没有被感染呢？而且就算我出了这份证明……"

"就算你出了证明，然后怎么样？"

"也没用。"

"为什么？"

"因为这个小镇有成千上万个跟你有一样想法的人，政府不可能允许他们离开这里。"

"就算他们没有得鼠疫？"

"没错，我们不得不接受这个现实。"

"但我不属于这里。"

"不幸的是，从现在起你将属于这里，就像其他人一样。"

兰伯特把声音提高了一点儿："你没有心吗？你不明白两个相爱的人分隔两地有多么痛苦吗？"

里厄沉默了一会儿，说他完全理解。他最大的愿望就是让兰伯特回到他的恋人身边，让所有彼此相爱却不得不分离的人重新团聚。但法律是法律，瘟疫暴发了，他只能做该做的事。

"不！"兰伯特痛苦地说，"你不会明白的。你生活在一个冷酷的世界里，你总是用那些理性的语言去解读别人的内心，你无法设身处地地理解别人的心情。"

医生抬头看了一眼共和国雕像，然后说，他不知道自己说的是不是理性的语言，但他知道他说的是现实的语言。

记者拉了拉领带，把它弄直，说："我想，我不能指望你的帮助了。很好，等着瞧吧！"他的语气中充满了不屑，"我会离开这个小镇的。"

医生说他完全理解，但这一切与他无关。

"对不起，这就是与你有关。"兰伯特又提高了嗓门，"我找你是因为我听说是你推波助澜要求封城的，你从来没有考虑过任何人，你根本就不管那些因此事被隔离的恋人。"

医生承认了这一点，当时他的确没考虑这些。

"你是不是还想谈一谈公共道德？但难道需要为了所谓的公共道德牺牲我们个人的利益吗？啊，我现在明白了！"兰伯特喊道，"你很快就要谈到大众的利益了，但公共福利是我们每个人私人福利的总和。"

里厄似乎突然从梦中惊醒，他再一次道歉，告诉兰伯特自己有多希望他能和恋人团聚，但无能为力。

兰伯特任性地把头一扬："我一定有办法，等着瞧吧。"

他把帽子拉下来遮住眼睛，迅速走开了。里厄看见他进了塔鲁住的旅馆。

兰伯特追求幸福是正确的，里厄也在心里默默祝福他能早日与恋人团聚。但是，他暂时无法用"心灵"思考问题了，因为理性告诉他，小镇中鼠疫正在肆虐，现在每周死亡人数已经上升到五百人了。冰冷的数字虽然只是一个抽象的概念，但也证明真正的灾难已经到来了。

里厄有一间接待室，可以直接通往他的手术室，以便他能在病人到达时尽快接待他们。那里设备齐全，地面上挖出了一个池子，里面灌满了加入大量消毒液的水，池子的中央是一个砖砌的平台。病人被带到平台后需要迅速脱光衣服，并将衣服扔进消毒水里。病人在清洗身体后，要穿上医院的一件粗劣睡衣，再被带到里厄那里接受检查，最后被送到病房。这所医院征用的是校舍，现在五百张病床已经全部住满了。

病人住进来后，里厄会亲自为他们提供治疗，他首先为病人们注射血清，切除淋巴结，再核对体征数据，在下午进行会诊。到夜幕降临时，他又会进行一轮又一轮的查房，等他回到家时已经很晚了。一天晚上，母亲递给他一封妻子发来的电报时，说他的手在发抖。

"是的。"他说，"不过，只要再给我一点儿时间，我的精神就不会那么紧张了，您放心吧。"其实，与精神上的疲惫相比，身体上的劳累并不算什么。自从鼠疫开始大范围地传播之后，接送病人去医院变成了一件极其困难的事情，因为那些病人的家属都非常清楚被接走意味着什么，想要再次团聚，只有等到病人痊愈或死去。要知道，目前还没有出现鼠疫被治好的病例，所以那些病人与亲人分离的场面让人忍不住落泪，而里厄每天都要目睹这样的场面。头几天，里厄只需要在检查到确诊病例后给救护车打一个电话，就可以去照顾其他病人了。但他一走，病人的家属就会把门锁上，宁愿让自己感染上鼠疫，也不让救护车把家人接走。等救护车来时，家属们便开始咒骂、尖叫，引得警察和武装部队出面。结果可想而知，病人在一场"腥风血雨"中被接走，家属在门口哭得肝肠寸断。因此，在后来的几个星期里，里厄不得不一直陪着病人，直到救护车来。之后，当每一位医生都有一名志愿警察陪同时，里厄就可以匆匆前往下一位病人那里。今天晚上，他被叫去为洛雷特太太的女儿进行诊断。那是间装饰着扇子和人造花的小房间，病人的母亲带着强撑的微笑迎接他：

"哦，我真希望这不是大家都在谈论的热病。"

他撩起被单和衬衫，默默地望着那姑娘大腿上和肚子上的红斑，还有那肿胀的淋巴结。母亲看了女儿一眼，就忍不住发出悲伤的尖叫声。每天傍晚，当母亲们的目光落在孩子的四肢和肚子上那些致命的红斑上时，她们就这样悲泣着，精神恍惚。无数个夜晚，病人家属都用紧握住里厄胳膊的双手表达着自己的担忧，里厄看着那些满是泪水的脸，听着那些乞求的话语，却无能为力。救护车的声音一遍又一遍地在街道里响起，里厄已经没有任何期待了，这些令人心酸却又无助的场面每天晚上都在重演，是的，鼠疫已经变成了一种更抽象的概念。疫情到底改变了什么？是人们对感情的看法，还是人们对生命的珍惜？里厄想，或许什么都没发生变化，唯一产生变化的是他自己。那天晚上，当他站在共和国的雕像脚下，看着怒气冲冲的兰伯特走远时，他就有了这种感觉，一种冷漠的情绪正在影响着他。

经过了这难熬的几个星期，经过了这么多的夜晚后，镇上的人都涌到街上漫无目的地闲逛。看着街上面无表情的人们时，里厄终于明白，他不必再因怜悯而假装坚强，因为人们已经不在乎这些无用的情绪了。他开始变得冷酷而麻木。里厄半夜两点钟才回到家，母亲被他茫然的眼神吓了一跳，但这有什么办法呢？里厄无法远离这场战争。为了与抽象作斗争，你必须在你自己的构造中加入一些更抽象的东西。

但怎么能指望兰伯特领会到这一点呢？此时的兰伯特被离别的愁绪和对政府的厌恶冲昏了头脑，在他眼中，所有抽象的或带有理智的发言都是在与他作对。其实从不同的层面思考，兰伯特说的也不是没有道理，每个人都在用自己的方式与鼠疫进行斗争。但里厄很清楚，想要打败鼠疫，仅靠那些抱怨和感性的想法是不够的。不久后，当兰伯特再次与里厄交谈时，他才明白这其中的要义。

有些人看到的是抽象，也有人看到的是真相。鼠疫的第一个月在一片惨淡中结束了，帕纳鲁神父在布道时戏剧性地讲道，他在老米歇尔先生蹒跚回家时给了他一只胳膊。帕纳鲁神父以对奥兰地理历史的研究而著名，也是古代碑文方面的权威。他通过一系列关于当代个人主义的讲座，赢得了更广泛的、非专业的公众。他在讲座中宣扬自己是基督教教义最精确和最纯粹的坚定捍卫者。

回到这个月底，教会决定与瘟疫作斗争，他们组织了一周的祷告，结尾的大弥撒是为祈求曾感染鼠疫的圣人圣洛克的保佑而举行的，而帕纳鲁神父则被邀请去布道，他全身心地投入分配给他的工作中。

参加礼拜仪式的人很多，然而并不能以此证明奥兰城的居民平时也那么虔诚。例如，在周日早上，去海中沐浴和去教堂经常令人难以抉择。这也不能证明他们看到了光明，因此突然改变了主意。首先，现在镇子已经关闭，港口也禁止进入，人们没办法去洗海澡。此外，他们现在的心境也十分特殊，虽然在他们的内心深处根本没有意识到发生在他们身上的事情有多么严重，但他们也明显能感觉到事情肯定发生了变化。因此许多人希望这一流行病可以快点儿消失，他们和他们的家人能够幸免于难。

到目前为止，他们还是觉得没有义务改变自己的习惯。对他们来说，瘟疫是一个不受欢迎的来客，总有一天它会突然离开的，就像它突然的到来一样。他们或许会恐慌，但一定不会绝望，总之，他们在等待事态的转变。

同对待鼠疫时的心态一样，居民们对待宗教也是这样的态度——

不冷漠，也不狂热。大多数来参加祈祷的人都很相信某位信徒说的话："无论如何，祷告也没有什么害处。"就连塔鲁也在他的笔记本上记录过关于中国人驱走瘟疫的事例。中国人会敲锣打鼓驱散瘟疫。但塔鲁也观察到，人们无法确定鼓声是否真的比实际的预防措施更有效。不过，既然没有办法确定，那就证明可能是有用的。

无论如何，在整个祷告期间，大教堂里几乎挤满了礼拜者。最初的两三天，许多人待在外面，在门廊前的棕榈树和石榴树下，聆听着潮水般的祈祷和呼唤，这些祈祷和呼唤的声音在附近的街道都能听到。一旦有人进去，其他人也跟着进入大教堂，胆怯地加入仪式中。周日，这里挤满了会众，就连台阶上都站满了人。从昨天开始，天空便乌云密布，现在终于下起了大雨。当帕纳鲁神父步入讲坛时，大教堂内弥漫着浓重的熏香和湿衣服的气味。

帕纳鲁神父中等身材，身强体壮，乍一眼看上去根本不像是神父。此时他正斜靠在讲坛的边上，双手抓着栏杆，脸颊看上去有些泛红，鼻梁上还有一副钢丝眼镜。他以铿锵有力的语调念着他的开场白："我的兄弟们，灾难正在惩罚着你们，但这都是你们应得的！"话音刚落，便引起了一片骚动，就连走廊里那些人也开始叫嚷起来。

这个让人觉得愤愤不平的开头，似乎与神父接下来说的话没有什么密切的逻辑关系。但在布道的过程中，大家都清楚地看到，帕纳鲁神父在用一种巧妙的演说手段，像打拳击一样，向人们提出了他整个演说的要点。他马上就引用了《出埃及记》中关于埃及瘟疫的一段文字，他说：

"这一灾祸首次出现在历史上，是用来打击上帝的敌人的。法老违背了神的旨意，瘟疫使他跪倒在地。从历史记录来看，上帝降下祸患，使骄傲的人变得谦卑；使那些对抗上帝的人变得灰心丧气。好好想一想，我的朋友们，跪下吧。"

雨变得更猛烈了，雨点敲打着教堂的窗户，整个教堂陷入了一种诡异的安静之中。神父的最后一句话就像一声巨雷，打破了这片寂静。一些礼拜者在片刻的犹豫后，默默地从座位上滑了下来，跪在地上。其他人也觉得应该效仿他们，于是这一行动逐渐蔓延开来。不久，每个人都跪在了地上，从大教堂的这一头跪到那一头。除了椅子偶尔发出的嘎吱声之外，没有其他任何声响。

然后，帕纳鲁神父挺直身子，深吸了一口气，继续他的说教，他的声音越来越有力。

"若今日瘟疫在你们中间，那是因为反思的时候到了。好人无所惧怕，恶人有理由发抖。瘟疫是上帝的鞭笞，是世界的鞭笞。它必无情地鞭打麦穗，直到麦仁与谷皮分开。

"然而，这场灾难并非上帝所愿。我们这个世界长期以来一直纵容邪恶，一直指望着神圣和仁慈的上帝的宽恕。

"人们认为只要忏悔，就可以胡作非为了。有很长一段时间，上帝用怜悯的目光俯视着这座城市，但是现在他已经厌倦了等待，他的希望被拖延得太久了，现在他转过脸去不理睬我们。因此，上帝的光消失了，我们在黑暗中行走，在瘟疫的黑暗中行走。"

教众中有人哼了一声，像一匹不听话的马那样。短暂的沉默之后，神父继续压低声音说道：

"《圣徒传》中曾说过，在亨伯特国王统治伦巴第时期，意大利遭到了鼠疫的侵袭，其中，最严重的地区当属罗马和帕维亚。一切是那么可怕，最后，仅有的幸存者已难以埋葬成千上万的死者。有人亲眼看见手持长矛的瘟疫恶神在收割生命！"

说到这里，帕纳鲁神父向敞开的门廊伸出了他的两只手臂，他指着教堂门外，好像在指引人们通过瓢泼的雨水看到些什么东西。

"我的兄弟们！"他叫道，"这场致命的狩猎已经开始了，瘟疫在我们的街道上狂奔。看！他在那儿！那个瘟疫恶神，像撒旦一样美丽，像魔鬼一样发着光！他在你的屋顶上盘旋，他右手拿着长矛，摆出攻击的姿势，而他的左手则向你的房屋伸来。此时此刻，他的手指正对着你的门，瘟疫恶神正在进入你的家中，它在你的卧室里安顿下来，等待着你的归来。它耐心而警觉，它在等待时机。世上没有任何力量能帮助你躲过它，若你选择相信人类科学而轻视它，你必像在苦难的谷场上被簸扬的谷粒一样，你必和谷皮一同被丢弃。"

说到这里，神父又用高深莫测的口吻把杀戮的象征说了出来。他让听众想象着一个巨大的长矛在城镇的上空旋转，并随意地撞击着，它在一片血雨腥风中飘荡着，在大地上散布着痛苦，"这是为收获真理而做准备的播种时刻。"

说完这句话之后，神父停顿了一下，他的头发散乱地披在前额上，他的双手将身体的震颤传给了布道坛。

当他再次开口时，他的声音降低了，但充满了责备：

"是的，反思的时候到了。你们天真地以为在星期天去拜拜上帝就足够了，这样你们就可以从工作中解脱出来。你以为只要表示一下礼节，动动膝盖，就足以弥补你那罪恶的行为了。但上帝不会容忍你们这样嘲笑他，因此他访问了有史以来所有冒犯过他的城市。该隐和他子孙所受的教训，索多玛和蛾摩拉居民所受的教训，约伯和法老所受的教训，以及那些硬着心肠攻击他的人所受的教训，现在该轮到你们尝尝了。自从城门关上的那一天起，你们也像他们一样，重新审视了人类和万物。现在，你们终于知道，寻找一切事物的起源的时候到了。"

一阵潮湿的风吹过中殿，烛光摇曳起来，蜡烛燃烧的味道、咳嗽声、压抑的喷嚏声，都向神父涌来。

神父继续着他的演讲，用一种平静的、阐述事实的语气说："我知道，你们很多人都在想，我到底要讲什么。我愿意领你们到真理那里，教导你们。

"伸出援助之手或仅仅是几句忠告就能让你们走上正确道路的时候已经过去了。今天，真理变成一种命令，它是一支矛，严厉地指向那条狭窄的道路——唯一的救赎之路。我的兄弟们，上帝是仁慈的，他将所有的事情都分为了善和恶，愤怒与怜悯，瘟疫和拯救。这场灾难，可能会将你们杀死，也可能会为你们造福，为你们指明道路。

"许多世纪以前，阿比西尼亚的基督徒从瘟疫中看到了上帝赐予的、获得永生的可靠途径。那些还不曾被救赎的人，用死于瘟疫之人的裹尸布将自己裹起来，以求得永生，我承认如此疯狂地寻求救赎是不值得称赞的。

"然而，我们可以从阿比西尼亚基督徒的过分热情中学到有益的东西。黑暗中的苦难会发出永恒的光辉，这微小的火光照亮了通往解脱的朦胧之路。它揭示了神在行动中的旨意，永恒地化恶为善。今天，它又一次带领我们穿过恐惧和呻吟的黑暗山谷，走向神圣的、所有生命的源泉。我的朋友们，我对你们说的话，乃是极人的慰藉，叫你们离开神殿的时候，带走的不只是愤怒，还有一些安慰的良言。"

大家都以为布道已经结束了。雨已经停了，阳光把大教堂广场照得泛黄。街上传来说话声，车流发出低沉的嗡嗡声，这是一个觉醒的城镇的声音。

会众们蹑手蹑脚地把他们的东西都收了起来，这动作使教堂中发出了柔和的沙沙声，然而，神父还有几句话要说。他告诉他们，在清楚地说明了这场瘟疫是上帝对他们罪孽的惩罚之后，他在结束的时候就不会再诉诸雄辩了。他希望，也相信，大家现在都认清了自己的处境。但是，在离开讲坛之前，他想告诉大家他在一本关于马赛黑死病的旧编年史上读到的东西。编年史家马底欧·玛莱在书中哀叹自己的命运：他说他已经被扔进地狱，在没有救助和希望的情况下受苦。

帕纳鲁神父，他从来没有像今天这样强烈地感到上帝在救赎所有人。他满怀希望，尽管这些黑暗的日子有那么多的恐怖，尽管男男女女在痛苦中呻吟，我们的同胞会向天堂献上一份真正的基督教的祈祷，一份爱的祈祷，剩下的就交给上帝了。

很难说这场布道到底有没有正面影响。在此之前，镇上的很多人都已经默认了封城这一事实，也接受了自己已经与世隔绝这一现状。但他们始终相信，一切不便都只是暂时的，解决问题的唯一方法就是把问题交给时间。那些因为不便带来的麻烦，只会影响到他们生活的一小部分，他们会尽可能地习惯。如果习惯不了，那他们会想办法逃出这座城市。

但是，当布道结束后，人们突然意识到，在这蓝灰色的天空下，他们正在接受一种让人难以忍受的监禁。当夏日的高温如火苗一般炙烤着他们时，他们模糊地感到目前的事态正在威胁着他们的生活，于是他们便开始焦躁、忧虑。等到了黄昏，温度渐渐降了下来，凉爽的空气又会让他们充满活力，就像在监狱里得到放风的犯人。往往在这种时候，他们会做出一些鲁莽的举动。

不知道是巧合还是布道真的产生了效果，从这个星期天开始，人们逐渐变得恐慌起来，街道上的路人行色匆匆，一改往日悠闲的模样。这样的氛围让人不禁怀疑，也许人们直到现在才意识到他们的处境有多艰难。可以看出的是，这个城市的气氛的确发生了变化，但究竟是气氛改变了人们的心理还是人们的心理改变了气氛，没有人知道。

布道结束后的几天，里厄在去往郊区的路上遇到了格兰德，他们一路都在谈论镇上气氛改变的这件事。天色已经很晚了，自封城以来，路灯亮起的时间越来越晚，这晚也不例外。正当他俩聊得起劲时，里厄不经意间看到不远处的人行道中央站着一个男人。那人左右摇晃着身子，却始终没有往前走。就在这时，路灯突然亮了起来，那人的脸庞逐渐清晰了起来，他正闭着双眼无声地笑着，惨白的脸庞因莫名的喜悦而抽搐着，豆大的汗珠从他的脸上滑落。

"一个疯子。"格兰德说。里厄正挽着他的手臂，领着他往前走，他发现格兰德正在剧烈地颤抖。

"如果事情照这样发展下去。"里厄说，"这个城市迟早会变成疯人院，我们还是去喝一杯吧。"

他们拐进了一家小咖啡馆，室内只有吧台上方的一盏灯发出亮光，沉重的空气被光染成了暗红色，每个人都在低声说话。

令里厄吃惊的是，格兰德要了一小杯白酒，并一饮而尽。

外面的人街上，似乎每个角落都有人窃窃私语，每个人都在想办法拯救自己。比如说兰伯特，这个年轻记者日夜奔波在各个政府办公室，却一无所获。当他遇到里厄时，他说，这样耗费精力和时间的奔走，唯一的好处就是可以使他的注意力暂时从困境中转移出来。

前几天政府办公室给他寄来一张表格，要求他仔细填写所有的空白处，其中包括他的身份、家庭、目前和以前的收入来源等，可以说是一份履历了。他以为收集这份名单的目的是拟定可以离开这座城市返回自己家园的人员清单，为此欣喜若狂了好几天。直到他坚持不懈地找到了发布此份表格的办公室，他被告知，收集这些信息是为了防止某些意外事件的发生。

"什么意外事件？"兰伯特问道。

据政府人员说，这份表格是用来通知家属的。如果哪天你不幸染上鼠疫，政府将通过这份信息表找到你的家属，让家属知道你当下的情况。同时，也需要让家属明白哪些医疗费用是由政府承担，哪些费用将由家属自行支付。从表面上看，这说明兰伯特与女友还有相见的机会，因为政府会想办法联系到她，而且政府也不会完全对病患不管不顾。但这也不能算得上是安慰。

让兰伯特真正感到震惊的是，在灾难发生的时候，办公室仍然可以平静地运作，并以事不关己的态度，提出一些与当前形势无关的倡议，而且还往往是中央政府所不知道的倡议。政府给出了一个最简单的理由：因为他们就是为了处理这种事情才设立的机构，所以无须向任何人汇报。

从那以后，兰伯特便明白了，所有的努力其实都是无济于事的，他不再奔走于各单位之间，他已经把所有能做的事情都做完了。无处可去的他每天都用散步和喝咖啡来消磨时间。清晨，他通常会端着一杯咖啡坐在咖啡厅里，看当天的报纸，看路上的行人。等时间稍晚一些，他便会起身来到街道上，漫无目的地闲逛。这天晚上，里厄在街上看到了兰伯特，他正在一家咖啡厅门口来回踱步，仿佛在犹豫到底该不该走进去。像是忽然下定了决心一样，兰伯特走进了店里，并在角落里找了一张桌子坐下来。应政府要求，咖啡厅的亮灯时间也推迟了。暮色就像一汪被染成灰调的泉水，从咖啡厅的窗户中渗了进来，墙上的镜子里映照着独属于夕阳的粉红色，由大理石做成的桌子台面在逐渐昏暗的房间里闪着光。

兰伯特就这样呆呆地坐在这个空荡荡的咖啡厅里，脸上尽是茫然和不知所措，他看上去不像活人，倒像是一道影子。里厄想，现在或许是兰伯特最失魂落魄的时候，他可能觉得自己被整个世界抛弃了。

的确，在这样特殊的时刻，城里的所有人都会觉得自己像是一个俘虏，每个人都在思考，到底有什么办法可以将自己从这困境中解救出来。

兰伯特也在火车站待过一段时间。政府规定任何人都不允许登上站台，但等候室是可以进入的，它一直是开放的。这里又冷又黑，在天气较热的日子里这里经常被乞丐光顾。兰伯特花了很多时间研究时刻表，研究禁止随地吐痰的规定以及乘客条例。

之后，他在角落里坐了下来。二十年前就投入使用的铸铁炉子已经冷了好几个月了，它像一个地标似的矗立在站台中央。四周的地板上还有着曾因浇水而留下的"8"字形痕迹，墙上是很久以前张贴的广告，上面是来自戛纳和班多尔的旅游信息，广告上说，只要去了这两个地方，便可以拥有一个无忧无虑的假期。在角落里，兰伯特可以自由地感受自己的痛苦。据他对里厄的叙述，当时他觉得最让他心酸的是来自巴黎的回忆。

古老的石头和河岸、皇家宫殿的鸽子、火车北站、神殿周围宁静的古老街道，还有这座城市的许多其他景色，这些回忆扼杀了兰伯特的一切欲望。里厄相当肯定，他把这些场景和他对爱情的回忆联系起来了。有一天，兰伯特告诉他，他总会在凌晨四点醒来，想起他心爱的巴黎。里厄根据自己的亲身经历，很轻松地猜到，他肯定是在那时想起了他的恋人。的确，那正是他确信她完全属于他的时候。

帕纳鲁神父布道后不久，炎热的天气就来了。

那个星期天下了一场不合时宜的倾盆大雨，第二天，夏天便不打招呼地来了。灼热的大风刮了一整天，把墙壁都吹干了。接着太阳升起来了，接续不断的热浪和强光席卷了全城。除了街心和屋内，一切都暴露在了耀眼的光线之下。太阳追逐着我们的市民，沿着每条小路，进入每一个角落，当它终于停下来的时候，钟声敲响了。

第一次热浪席卷大地之后，死亡人数惊人地增加了，现在每周有近七百人死亡，镇上笼罩着一种极度沮丧的情绪。在郊区，平坦的长街和排屋之间惯有的生活气息已荡然无存。通常，住在这些地区的人，一天的大部分时间都是在家门口度过的。但现在，每扇门都关着，谁也看不见，连百叶窗也被拉起来了，也不知道他们是想把炎热关在门外，还是把瘟疫关在门外。当你经过有些房子时，还能从里面听到呻吟声。起初，当这种情况发生时，人们往往会出于好奇或同情，聚集在外面聆听。但在长期的紧张之下，人们的心似乎变得坚硬了，人们会平静而麻木地从房屋外走过，这些呻吟声仿佛已成为日常的语言。

被封锁的城门口经常会发生一些斗殴行为，警察不得不动用左轮手枪，有些人在与警察的冲突中受了伤。在炎热和恐慌情绪的双重影响下，人们总是会把接收到的信息夸大。等有人受伤的消息传到城内，就变成了有人死亡。无论如何，有一件事是肯定的：不满情绪在不断增长。由于担心情况进一步恶化，当地官员就如何应对民众动乱进行了长时间的讨论。报纸刊登了新的规定，重申禁止离开该镇的命令，并警告那些有所企图的人，他们可能会面临长期监禁。

巡逻系统建立了起来，在空旷闷热的街道上，一队骑警会从紧闭着窗户的房屋间走过去，人们通常会先听到马蹄踩着鹅卵石路面传来的啪嗒声，随后便会听到枪声——那是最近被派去消灭野猫和野狗的特种部队正在工作。政府认为，猫、狗可能是传染病的携带者。这些噼里啪啦的声音打破了寂静，加剧了镇上的紧张气氛。

对于整日身处炎热和寂静中的市民来说，他们的心此刻是极度不安的，任何微不足道的东西，都可能引起他们较大的反应。这是人们第一次切身感受到季节的变化，仅仅从天空的颜色和土壤散发的味道中，人们就能意识到，夏天真的来了。不幸的是，每个人也都察觉到炎热的天气会加剧瘟疫传播。傍晚时分，屋顶上雨燕的叫声越来越尖锐了，那细而尖的声音，与这广阔的天空格格不入。

从市场上经过，已经看不到含苞待放的花朵了，它们已经完全绽放了。早市结束后，尘土飞扬的人行道上散落着凋零的花瓣。曾经风光无限，拥有鲜艳花朵、翠绿柳枝的春天已经耗尽了它所有的生命力，在炎热和瘟疫的冲击下，春天消失了。这个夏天的天空中，黄沙弥漫着，街道上也满是灰尘，与每天上百例的死亡数据一样，这个夏天和人们一同陷入了灰暗之中。这里不再有人嬉戏打闹，不再有人去海边玩耍，更没有人恋爱调情。

这的确是瘟疫带来的巨大变化之一。我们曾经怀着期待欢迎夏天的到来，但今年夏天，大海成了禁区，年轻人再也不能享受它带来的快乐了。在这种情况下我们能做什么呢？塔鲁描绘了我们那些日子真实的生活。他概述了鼠疫的进展，他也注意到，当电台不再每周公布死亡总数，而是每天公布九十二人、一百七十人、一百三十人死亡时，鼠疫的发展进入了一个新的阶段。

"比起每周那个惊人的死亡数字，将人数分散在七天中播报显得不那么可怕。"他还记录了他所注意到的各种事件，例如，一个女人在一条孤寂的街道上突然打开了一扇紧闭的窗户，发出两声尖叫，然后又关上了窗户。他还指出，薄荷糖已经从药店里消失了，因为人们普遍认为，吃薄荷糖可以防止传染。

悲剧似乎也降临到了那些小动物身上。一天早晨，街上响起了枪声，正如塔鲁所说，有人用铅弹杀死了大部分野猫，还吓跑了其他的野猫，它们已经不在了。那个爱猫的老人照例在这个时候走到他的阳台上，靠着栏杆，仔细地扫视着街道的各个角落，然后他坐下来，烦躁地用右手敲着栏杆，像是在等着什么。在那里待了一会儿，他撕了几张纸，回到自己的房间，又出来了。又等了很久，他又退回屋里，砰的一声关上了身后的落地窗。在接下来的几个星期里，他每天都这样做。随着时间的流逝，那张老脸上的悲伤和困惑也日益明显。

到了第八天，塔鲁再也看不到他了。

旅馆的经理也同样垂头丧气。在早期，旅行者因为不能离开这个城市，只能待在自己的房间里，旅馆的收益还不错。但是旅行者在看到疫情没有减弱的迹象后，他们便一个接一个地搬出去和朋友住在一起了。原来所有的房间都有人住，现在却都空着，镇上也没有新来的人。塔鲁是剩下的为数不多的几个客人之一，经理一有机会就告诉他，如果他不是担心给这两位先生带来不便的话，他早就把旅馆关了。他经常问塔鲁，据他估计这种传染病会持续多久。

"他们说，"塔鲁告诉他，"寒冷的天气可以消灭这种病。"

经理简直惊呆了："可是，我亲爱的先生，这一带从来就不冷。而且，现在是夏天，这意味着它至少还将持续好几个月。"此外他确信，在很长一段时间里，外地旅客都会对这座城市敬而远之，瘟疫一定会给奥兰城的旅游业带来重创。

过了一段时间，那位奥森先生又出现在餐厅里。他的太太正在隔离，因为她照顾了死于鼠疫的母亲。

"我一点儿都不喜欢接待他。"经理告诉塔鲁，"他太太既然被隔离，那就意味着他也有嫌疑。"

塔鲁指出，如果真的是那样，那每个人都有嫌疑。但是经理有他自己的想法，不会被其他人改变。

奥森先生对经理的态度视而不见，也不愿让这场瘟疫改变他的习惯。他带着他一贯的体面走进餐馆，自己坐下后，才让孩子们坐下。孩子们没怎么变样，只有小男孩看起来有一点儿不同，他像姐姐一样穿了一身黑衣服，比以前瘦了一点儿，现在就像他父亲的微型复制品。

塔鲁对帕纳鲁神父的布道也进行了一番评论，他认为，灾难刚开始和快结束时，人们都爱讲点儿漂亮话。但当灾难真正来临的时候，当人们看到残酷的现实之后，他们又只会保持沉默。

塔鲁曾跟着里厄去探访过那位哮喘病人，所以他的笔记中也记录了许多关于这位病人的事情。当塔鲁走进房间时，那位老人咯咯地笑着向塔鲁打招呼，高兴地搓着手。他坐在床上，像往常一样，面前放着两锅干豌豆。"啊，又来了一个！"他看见塔鲁时惊叫道，"这是个混乱的世界，医生比病人还多。它正在用自己的方式击倒这个城镇里所有的人，不是吗？"

第二天，塔鲁没有事先打招呼，又来找这位哮喘病人了。

从塔鲁的记录中可以知道，这位西班牙老哮喘病人曾经是个商人，他在自己五十岁时便觉得这辈子的活儿已经干得够多了，可以让自己退休了。于是他开始了卧床生活，从那天开始，他再也没有离开过床。也许你会觉得是哮喘影响了他的生活，但其实哮喘并不妨碍他走动，适当的运动对他而言并不是坏事。他年轻时存了一笔养老金，这笔钱足够他衣食无忧地活到七十五岁。他的生活过得安逸又快乐，即便已经不被金钱困扰，他还是舍不得买一块手表。在他眼中，手表是世界上最愚蠢的东西，而且还很贵。那两只装豌豆的平底锅成了他估算时间的唯一工具，每天早上起床，他都会在其中一只平底锅里装满豌豆，接下来便用一种恒定的速度，将这只锅里的豌豆捡到另一只锅里。对他来说，平底锅就是钟表，他可以通过捡出的豌豆来判断当下的时间。

"每隔十五锅豆子，就到了吃饭的时间，还有什么比这更简单的方法吗？"

他对工作、友谊、咖啡馆、音乐、女人、郊游等一切都漠不关心。除了一次不得已需要前往阿尔及尔处理家庭事务的外出外，他从未离开过自己的家乡。即使是那次，他也是在火车驶出奥兰后的第一站就下了火车，还没等到达阿尔及尔，就坐返程的火车回来了，可以说他没有一点儿外出的欲望。

西班牙老人的人生态度非常独特。他认为，当生命到达后半程时，就不由自己掌控了。与其拼命地工作，不如好好地休息，什么都别做。

当然，他还是很希望自己可以多活一阵的。

黎明将至，微风吹拂着空旷的街道。这一时刻，正是夜晚的沉寂与白日的喧嚣之间的过渡阶段，它既带着夜晚的静谧，又预示着白天的生机。就连那讨人厌的鼠疫的传播仿佛也在这时歇了脚。街道上所有的商店都关门了，有些门上贴着"因瘟疫而闭店"，以此告诉顾客短时间内他们不会再开门了。报童们倚在街角的路灯旁，一副没有精神的样子，他们没有大声地喊着卖报，而是如梦游般无声地站着，卖报的对象仿佛是那挺直的路灯。不一会儿，他们便会被早晨的首发有轨电车吵醒，坐上车散布到城镇的各个地方。他们手里会举着印有"鼠疫"两个大字的报纸。这是鼠疫暴发的第九十四天，今日死亡人数是一百二十四人。

尽管纸张日益短缺，但政府仍创办了一份新报纸——《鼠疫通讯》，专门用来以谨慎的态度告知市民每日疫情的情况，向他们提供有关疫情未来发展的最权威的意见，向抗击鼠疫的各行各业人士表达慰问，为市民们加油鼓劲，发布当局的最新命令。当然了，这家报纸很快就开始专栏刊登"解毒剂"的广告。

快到早上六点的时候，报童们手中的报纸会卖给在开门前一个多小时就在商店外面排起长队的人，还会卖给从街车上下来的乘客。街车是现在唯一的出行工具，由于运行板、脚踏处和扶手处都被乘客挤满，所以前进的速度很慢，运行的过程也很困难。即使车上已经挤满了人，但乘客们还是不约而同地做出了同一个奇怪的举动——努力地背过身，不与其他人接触。他们这样做只有一个目的，就是避免传染。

每到一站，就有一大群男男女女从车厢中涌出来，每个人都急于让自己与其他人保持安全距离。

当每天的第一辆车驶过时，小镇渐渐苏醒，咖啡馆开门了，柜台上有一排卡片，上面写着"咖啡无货""自己带糖"等。接下来，商店也开门营业了，街道变得更加热闹。与此同时，光线变得更强了，还是清晨时分，太阳就已经开始散发热量了。现在正是那些无事可做的人到林荫大道上去冒险的时候。许多年轻男女盛装打扮，如同酒神节一般，跑出来尽情地及时行乐。

到了中午时分，所有的餐馆都挤满了人。很快，餐馆门口就聚集了一小群找不到座位的食客。烈日炎炎，阳光毫不留情地洒在每一个角落。路面被晒得滚烫，散发出一股股热浪，仿佛能烤熟一切。那些在餐馆外排队吃饭的人全都躲进了街边的遮阳篷下。餐馆如此拥挤，是因为它可以最快捷的方式为人们提供一顿简单的餐食，让很多人不用因为食物而烦恼。但这并没有缓解人们对鼠疫蔓延的恐惧。

许多顾客会花上几分钟有条不紊地擦盘子。不久以前，一些餐厅会贴出这样的告示：我们的餐盘、刀、叉保证是经过消毒的。但现在，他们逐渐停止了对这事的宣传，因为无论如何，该来的客户还是会来。此外，人们花钱也开始大手大脚起来，拼命吃喝最高档的菜肴，这种不计后果的奢侈风气正在形成。偶尔，某家餐厅也会发生恐慌的一幕，有的顾客会在吃饭的过程中忽然感到身体不适，然后脸色苍白，跟跟跄跄地连忙走出餐馆。大家都知道，他可能是被感染了。

快到下午两点钟的时候，街道上的人陆续散去，只剩寂静、阳光、尘土和鼠疫在这里相遇，城市安静了下来。一波又一波的热浪在高大的房屋上流动着，那热浪仿佛是一道道枷锁，将所有人困在了这里。这种被困住的感觉，直到傍晚第一缕夕阳照在街道上才算有些许放松。从大暑那天开始，不知道是什么原因，总有那么几天晚上街道上是空无一人的。现在，好不容易等来的凉爽虽然无法带来什么希望，却多少能缓解一下人们烦躁的心情。趁着温度宜人，所有的人都来到了广场上，他们聚在一起聊天、互相开玩笑，以此得到一些快乐。情侣们在落日的余晖中，从喧哗吵闹的街道上，走向了那令人悸动的黑夜。热心的传道者戴着毡帽，打着领带，在人群中高呼："主是多么慈悲，主是多么伟大！"但是，并没有人愿意主动与他搭话。刚开始时，人们认为鼠疫和其他的流行病没什么两样，所以对宗教依然有着热忱。但当他们意识到鼠疫的可怕性后，便开始不在乎任何东西，也不再期待上帝会带来所谓的救赎。人们怀着绝望的心情开始了最后的狂欢。于是，白天的恐惧会在傍晚来临时变成一种不顾一切的冲动和张狂，他们放纵着自己，任由渴望自由的因子在身体中沸腾。

"我也不例外，死亡对我这样的人毫无意义。"塔鲁在日记里如是写道。塔鲁的日记中还记载着，他去里厄的家中与其进行了一场谈话。

塔鲁记载的这次谈话，是他主动提起的。里厄在等待塔鲁到来前的那段时间里，将目光放在了自己母亲的身上。老太太正安静地坐在餐厅角落里的一把椅子上，自从鼠疫开始后，她的大部分闲暇时间都在这把椅子上度过了。每天收拾好家里后，她便会双手交叠在膝盖上，坐在那里等待着。里厄并不确定母亲是在等待新的一天，还是在等待他。但每当里厄完成一天的工作回家时，母亲的脸上总会出现一些变化：那双总是黯淡的眼睛会焕发出光彩，嘴角也会微微扬起。这样的变化并不会保持很久，母亲很快平静了下来。

"鼠疫期间灯光会一直这么暗吗？"母亲问道。

"是。"

"但愿不会持续到冬天。"

他看见母亲的目光落在了他的前额上。他知道，过去几天的忧虑和过度劳累在那里留下了痕迹。

"今天一切顺利吗？"母亲问。

"哦，和往常一样。"

从巴黎运来的新一批血清似乎不如第一批有效，死亡率正在上升。除了已经患病的家庭，其他地方仍然不可能进行预防接种，如果要将疫苗推广使用，就需要进行大批量的生产。大多数病患的淋巴结都只会硬化而不会破裂，这让病人遭受了巨大的痛苦，在过去的二十四小时内，城里出现了两例新形式的流行病，这表明鼠疫变成了肺鼠疫。在这一天的会议中，饱受折磨的医生们向省长施压，省长早已经无计可施了，他只好听从医生们的话颁布了新的规定，以防止鼠疫通过空气传播。

里厄望着母亲，看到了她那棕色瞳孔中的温柔目光，他感到一种几乎被忘却了的感情——童年时母亲对他的爱，突然涌上心头。

"您从来没有惊慌过吗，妈妈？"

"哦，在我这个年纪，没什么好害怕的了。"

"白天很长，现在我几乎都不能陪在您身边。"

"如果我知道你会回来，我不介意等；当你不在这里的时候，我会一直想你此刻在做什么。你有她的消息吗？"

"她说她一切都好，但我知道她说这些是为了防止我担心。"

门铃响了。里厄对母亲笑了笑，然后走过去开门。

在昏暗的灯光下，塔鲁看起来像一只灰色的大熊。里厄让客人坐在办公桌前，他自己则站在办公椅后面。办公桌上放着的台灯是整个房间内唯一的光源。

塔鲁开门见山："我可以很坦率地跟您谈谈吗？"

里厄点点头。

"再过两个星期，至多一个月。"塔鲁继续说道，"您在这儿就毫无用处了。局面将会失去控制。"

"我同意。"

"首先，卫生部门效率低下，人手不足，您忙得不可开交。"

里厄承认是这样的。

"而且，"塔鲁说，"我听说当地政府正在考虑组织一批特殊的'军队'，要求身体健康的人都来帮助抗击瘟疫。"

"不错，但是这主意被很多人反对，长官们也拿不定主意。"里厄担心地说。

"征集志愿者怎么样？"塔鲁说，"我可以组建一支志愿防疫队，我的朋友不少，我自己也会参加。"

"不用多说。"里厄答道,"我非常乐意接受您的建议。帮手再多也不嫌多,尤其是对我这样已经分身乏术的人来说。我可以保证让当地政府批准您的计划,可是,您确定要这样做吗?这很危险。"

塔鲁没有回答,他看着医生,问道:"那么您呢?您信上帝吗?"

"不信,这和这件事有什么关系?"

"如果您不信上帝,为什么您能这么有奉献精神?"

里厄的面孔沉入阴影中。如果他信任上帝,他完全不需要这样拼命地救治病人,他可以把病人交给上帝。可是在无法抵抗的鼠疫面前,在一个个鲜活的生命面前,没有人会选择义无反顾地相信上帝,或许连帕纳鲁神父自己都不会这么做,因为谁也不想就这样毫不挣扎地放弃自己的生命。所以里厄仍然要走在抵抗鼠疫的道路上。

塔鲁轻轻地吹了一声口哨,里厄凝视着他:"我向您保证,我所想的十分简单,有病人,我要治好他们,我得尽我所能保护他们。在我刚开始从事这一行时,我只觉得我在从事一份年轻人十分羡慕的职业,一份让我这个工人的儿子特别渴望的职业。但当我真正跨入这一行后,我不停地目睹死亡,目睹我的病人尖叫着、哀求着,用他们最后的喘息告诉我,他们渴望活着。从那时起,我知道我无法对病人无动于衷。仅此而已。"

"毕竟,"里厄接着说,然后又犹豫了一下,眼睛盯着塔鲁,"这一点,像您这样的人完全能理解,对吗?既然世界的秩序是由死亡创造的,那么,如果我们拒绝相信上帝,竭尽全力与死神斗争,而不是抬起头望着静静地坐在天堂的上帝,这样对上帝不是更好吗?"

塔鲁点点头："是，但您要如何从上帝手中取得胜利？"

"虽然我还无法找到您这个问题的答案，但这不是我放弃奋斗的理由。"

"我现在可以想象这场瘟疫对您意味着什么了。"

"意味着永不结束的失败。"

塔鲁盯着医生看了一会儿，转身沉重地朝门口走去。里厄跟在他后面，就在他快要走到塔鲁身边时，紧盯着地板的塔鲁突然问道："这些想法是谁教您的，医生？"

"苦难。"

里厄先塔鲁一步打开了诊所的门，他对塔鲁说："我也要出门，或许我们可以同行一段路。"

"您要去哪里？"

"去郊区探望一位病人。"塔鲁在这时又提出了建议："我能同您一起去吗？"

里厄答应了他。当他们出了门走到楼道尽头时，遇到了里厄的母亲，里厄向她介绍塔鲁："这是我的一位朋友！"

"噢，你好！"里厄的母亲说："很高兴认识你！"

里厄的母亲在打完招呼后，便转身离开了，塔鲁还特意回头看了看她。而她那清澈的棕色眼睛被记录在了塔鲁的笔记中，他写道：坚定而温暖的目光能战胜鼠疫。当他们走到楼梯口时，里厄像往常一样按下了照明开关，但灯并没有亮，楼梯还是处于一片黑暗之中。里厄并没有感到惊讶，这可能是因为政府又下达了某种新的节电命令，也可能是看守这栋大楼的门房已经无心工作了。要知道，自从鼠疫开始疯狂蔓延，镇上便没有多少人在认真工作了。

里厄好像一直在思考着什么，他忽然停下了脚步，这导致他身后的塔鲁一时没有反应过来在台阶上滑了一下，幸好塔鲁及时扶住了里厄的肩膀，才没有摔倒。

"您真的以为您知道生活的一切真相吗？"

答案从黑暗中传来，同样是冷静而自信的语气："是的。"

到了街上，他们意识到时间很晚了，也许是十一点了。镇上一片寂静，只有隐约的沙沙声、远处救护车的铃声隐隐地响着。他们上了车，里厄发动了引擎。

"如果决定做志愿者，您明天一定要来医院打疫苗。"里厄说。"但是，在开始这次冒险之前，您最好知道，自己活下来的机会只有三分之一。"

"这种疫苗没什么意义，这一点，我们都应该知道。一百年前，一场瘟疫席卷了波斯的一个小镇，唯一的幸存者是那个负责清洗尸体的人，他整个疫情期间都在坚持工作。"

"他恰巧得到了那三分之一的生存机会，仅此而已。"里厄压低了声音，"但您说得对，我们对鼠疫几乎一无所知。"

他们的车已经驶进了郊区，前灯照亮了空旷的街道。汽车停了下来。里厄突然短促地笑了一声：

"您为什么要参加这个工作？"

"不知道，也许是出于一种道德感。"

"什么样的道德感？"

"感同身受。"

塔鲁转身向屋子走去，直到他们进了老哮喘病人的房间，里厄都没有再看到塔鲁的脸。

第二天，塔鲁就开始工作了，他招募了第一批志愿者，很快就有其他人跟着组建了不同的志愿小队。

当然，叙述者的意图并不是想要过多地夸赞这些志愿者。因为叙述者倾向于认为，过分强调某种行为，人们反而会对人性中较坏的一面表现出间接且有力的敬意。这种夸赞的态度反而暗示了善行的罕见性，会让人们觉得冷漠和无情才是人之常态，而帮助和正义是这世间少有的品质。叙述者并不赞同这样的观点。世界上的邪恶大多是来自无知，如果没有充分地了解，有时善意可能也会带来伤害。当然，人的优点是多于缺点的，但这并不足以抵消那些邪恶的念头。人或多或少是无知的，这种无知会变成所谓的邪恶与美德。最不可救药的邪恶是那些自以为无所不知的无知，这种人有着自己认为对的道德观，从而做出一些错误的行为。他们没有洞察力，也不屑于去学习，拥有这样观点的人不会拥有真正的善良和爱。

因此，塔鲁创建卫生小组的工作是值得客观且出自真心地夸奖的。这就是为什么叙述者拒绝用溢美之词来吹嘘他认为相对正确的勇气和奉献。他将继续记录我们市民在瘟疫影响下的那颗不安和叛逆的心。

那些参加了卫生队的人，他们这样做得不到什么好处，他们之所以会加入，只是因为他们知道这是唯一可以做的事。这些组织使我们的市民能够与疾病斗争，并使他们相信，当瘟疫就在我们中间横行时，也有人愿意尽一切努力与之斗争。既然鼠疫成了某些人的责任，他们就会努力战胜它。

在那些日子里，年轻的道德家们竟然在我们镇上四处游荡，宣称我们已经无能为力了，应该向不可改变的事情低头。塔鲁、里厄和他们的朋友也许会给出这样或那样的回答，但结论总是一样的，他们确信这是一场战争，而且决不能屈服。最重要的是要尽可能让更多的人免于死亡，让亲人、恋人早点儿相聚。想要做到这一点，就必须想方设法与鼠疫对抗。

因此，老卡斯特医生带着坚定的信心，找到了自己能找到的所有临时设备，开始在现场制作抗鼠疫血清。里厄也和他一样，希望用当地获得的培养物制成疫苗，那也许会比来自外部的血清更有效，因为当地的芽孢杆菌与热带病教科书中定义的正常鼠疫芽孢杆菌略有不同。卡斯特希望能以最快的速度制作好第一批血清。

与此同时，约瑟夫·格兰德成了志愿队的秘书，塔鲁所组织的队伍要统计未消毒的地区，要帮助医生运输患者，有时还要搬运尸体，对人员和物资进行统计。格兰德承担了部分任务，他每天用下班后的两个小时来完成这些琐碎的事情。在他眼中，这并不是什么伟大的行为，只不过是举手之劳罢了。从一定程度上看，格兰德比任何人都淡泊名利。

除了完成每天必要的工作外，格兰德剩下的大部分时间都在思念自己的妻子。之前，塔鲁经常会用这件事情打趣格兰德，但最近已经很少看到格兰德的身影了。因为他每晚都需要整理当天所有的数据和文件，再做出一个令人满意的报告。如果说一定要选出一位在鼠疫时期称得上英雄的人，那么这位其貌不扬的小人物或许是英雄的最佳人选。这是笔者，也是里厄的想法。

这段时间，小镇的疫情受到了外界的广泛关注，他们用各种方式送来了物资。里厄每天晚上都能从广播里听到同情与鼓励，外面的人用自以为高尚的方式向小镇表达着关心。但这真的是小镇需要的吗？尽管那些飘荡在城市上空的电波听上去很真诚，但里厄认为，格兰德的付出史让人感动。

与此同时，兰伯特还在努力想往外跑，他从来没有放弃过。他先是问了一些咖啡厅，这种人流量大的地方总有消息灵通的家伙。但他差点儿被抓进监狱——在这种严峻的形势下，政府决不允许有人私自逃出城。后来，他找到了那位上吊未遂的科塔德，总算是找到了一条出路。

在物资匮乏的情况下，某个组织在暗地里走私烟酒，科塔德本身也在做走私贩子，这就给了他出城的可能性。尽管科塔德自己不想出城，但这个机会怎么会被兰伯特放过？他处心积虑地找到了那家咖啡馆，并且找到了这个走私组织的小头目，加西亚。

加西亚是个皮肤黝黑、牙齿洁白，看起来既健壮又十分精明的男人。他思考很久之后，决定找另一个人帮忙，双方协作把兰伯特偷运出城。当然，兰伯特得出一大笔钱，但这笔出城的费用，兰伯特认为并不算什么。

两天后，科塔德和兰伯特沿着一条没有树荫的街道爬到了小城的高坡上，这里曾经是军营，如今已经全部改为了医院，用于隔离那些被鼠疫折磨的病人。医院的门口有许多人正在等待着，他们希望门卫可以通融一下，让他们见见自己的家人，但严格的规定并不允许门卫这样做。门卫与人群之间难免会出现一些拉扯，这让医院门口总是显得很热闹。在这种纷乱的环境中谈出城的事情是有一定好处的。没一会儿，加西亚就出现在了他们身后，还没等科塔德和兰伯特开口，加西亚便压低声说道："再等一会儿！"

于是他们三人假装无所事事，在医院门口看起了热闹。哭声和怪叫声从门内传出来，外面的人不安地看向声音传来的方向，每当有声音响起，门外的人便会开始猜测这是不是自己的亲人发出的，他们担心亲人被病痛折磨，同时也庆幸至少他们还活着。正当他们三人在凑热闹的时候，一句轻快的"早安"在他们耳边响起，拉乌尔出现在了他们身后。拉乌尔个子不高，身体强健，他穿着一身剪裁精良的深色西服，戴着一顶毡帽，脸色看上去不是很好。他简明扼要地说："我们去走走，加西亚你不必跟来。"

他们走开时，加西亚点燃了一支香烟，留在了那儿。科塔德完成了介绍和牵线任务后也离开了。

兰伯特与拉乌尔约定好出城的事情，他需要支付一万法郎并答应明天在饭店进行具体协商。一切事宜谈妥后，他们就各自离开了。

第二天，当兰伯特到达那个饭店的时候，拉乌尔又为他介绍了一位新朋友，他们要寻求到守卫的配合，内线必不可少。这位被拉乌尔称为可靠朋友的冈萨雷斯认识几个守卫，因此就由他去负责敲定最后的时间，但不管怎么样，他们至少还要等三天。

接下来的几天里，兰伯特觉得时间从未流逝得那么慢过，他把自己的出逃计划告诉了里厄，顺便同他一起出诊。很显然，情况已经不再是"不乐观"，而是在向着不可预料的方向发展，里厄看起来也越来越疲惫了。

"不是来了很多医务人员帮忙吗？"兰伯特问。

"是，但远远不够。"里厄说，"我们也没有足够的设备来控制局势。"

里厄说到这里时，友好地对兰伯特笑了笑："希望您能早些如愿。"

阴影笼罩了兰伯特的脸："我并非逃兵。"

"我知道。"

此时塔鲁来到了他们身旁，语气轻快地说："帕纳鲁神父同意加入我们的志愿队。"

"那很好。"里厄高兴地笑了起来，"他本人比他的布道更好。"

兰伯特默默地注视着这一切，他开始犹豫。到了周四早晨，兰伯特在约定地点等了许久，才看见冈萨雷斯，但这一次总算是有眉目了。他被冈萨雷斯介绍给两兄弟，他们俩是西门的守卫，再过两天就轮到他们值班守岗了。虽然守门的是四个人，但是另外两个人十分好酒，在这个时候，兰伯特就可以见机行事。他们又强调了一遍，政府之后准备设立双重岗哨，因此出城的事得抓紧了。

任何事都不能阻碍他离开这座城市，兰伯特想。虽然里厄曾经说过，希望兰伯特来他们的志愿者组织中帮忙，但那也只是一个希望，并非强求。

接下来的几天里，兰伯特一直在为出城努力，但那并不容易。有的地方已经二十四小时禁止通行，即使守卫将他放出城，他也无法越过外面的红线。在疲惫的奔波途中，兰伯特和里厄又见了一面，塔鲁当时也在场。

他们先是聊了聊志愿队的事，然后兰伯特鼓起勇气，开启了这个话题："我并非懦夫，医生，您选择了走英雄主义的道路。如果可能的话，我希望能帮您的忙，但我追求的是爱，我为爱而生，也希望为爱而死。"

"我理解。"里厄笑了笑，"我并非什么英雄主义，我只是在做我自己的工作。"

"工作？"兰伯特十分不解，"这个时候您还谈什么工作？这是说我把爱情放在第一位大错特错了吗？"

"您没错。"塔鲁平静地说。

塔鲁看着有些疲劳的里厄，忍不住打了个圆场。在里厄离开之后，他回头看向了兰伯特。

"我想你不知道里厄的妻子住在一百英里以外的疗养院里吧？"他说完也跟着离开了，留下了沉默且震惊的兰伯特。

第二天一大早，兰伯特给医生打了个电话。

"在我成功地离开这个城镇前，您希望我来和您一起工作吗？"

里厄在电话里沉默了一会儿："当然，谢谢。"

第三部分

就这样，一周接着一周，瘟疫的俘虏们竭尽全力地战斗。就像兰伯特一样，他们甚至想象自己仍然是自由的人，有选择的权利。事实上，在 8 月中旬，瘟疫便吞噬了所有的人和物。个人的命运不再存在，只有瘟疫和所有人共同构成的命运共同体。

这些情绪中最令人不安的是被放逐和被剥夺的感觉，以及由这些情绪引起的反抗和恐惧。这就是为什么叙述者选择在夏天最热、在疫情发展到最高潮之际，为我们讲述小城的总体情况。叙述者暂时找不到更好的说明方式，只好用一个个例子来描述生者的非理性行为，死者的下葬情况以及人们和亲人、爱人被迫分开后所遭遇的困境。

那时起了大风，一连多日吹过那遭瘟疫的城镇。奥兰城的居民尤其害怕风，因为这座城镇所在的山坡上没有任何自然障碍，风可以肆无忌惮地横扫街道。一连好几个月，没有一滴雨露使小镇改变模样，所有的东西都结了一层灰色的硬壳，这些硬壳在风的吹拂下脱落下来，

变成了尘雾。灰尘和碎纸卷在人们的腿上，街道变得更空了。外出的人很少，只有少数几个人弯着腰，用手绢或手捂着嘴，匆匆忙忙地走着。夜幕降临时，人们不再像往常一样聚在一起，大家都想无限延长每一天的时间，因为说不定这天就是生命中的最后一天。天色稍晚一些的时候，街上几乎空无一人，除了风长时间的呼啸之外，什么声音都听不到。海水和海草的味道从大海上飘来。在越来越深的黑暗中，这个几乎空无一人的城市被沙尘所笼罩，被刺骨的海风吹得呼呼作响，这里似乎成了一个被诅咒的失落之岛。

之前，鼠疫在市中心的传播并不是很广泛。因为病毒更喜欢在人口密集、设施不完备的郊区生存，在那里，有许多没有条件防疫、没有钱治病的病人。没想到，鼠疫忽然转换了攻击对象，它向市中心发起了攻击，并以一种趋近于疯狂的传播态势在商业区站稳了脚跟。居民们开始指责风携带了病菌，用酒店经理的话来说就是"风传播细菌"。

不管原因是什么，住在中心区域的人们每天晚上都能听到救护车呼啸而过，从窗户外传来瘟疫凄惨而无情的哀鸣，他们才意识到自己的末日已经来临。

当地政府的想法是将某些特别受瘟疫影响的中心地区隔离开来，只允许那些提供必要服务的人越过警戒线。被隔离起来的居民将政府的新规看作具有针对性的找碴儿，他们嫉妒其他地区拥有自由的居民，却不知道后者其实也在承受着痛苦。其他地区的人是怎么进行自我安慰的呢？每当他们觉得熬不下去时，便会想到那些比他们还不自由的人，一想到这儿，他们就能稍微振作一些。

"不管怎么说，还有比我更糟糕的人。"这句话成了人们当时唯一的安慰。

大约在同一时间，火灾又暴发了，主要集中在西门附近的居民区。经调查，这些火灾是由检疫归来的人引起的。丧妻之痛和焦虑使他们失去了理智，他们认为只有火能消灭瘟疫，于是他们就放火烧掉了自己的房子。

消防队在同大火搏斗时遇到了不少困难，在大风的加持下，大火使整个地区都处在危险之中。政府试图让这些纵火犯相信，官方对他们房屋进行的熏蒸能有效地消除感染鼠疫的风险，但无论怎样保证都不能让纵火犯们停止这种荒谬的行为。让这些不幸的人选择放弃的原因很可能不是难熬的监禁生活，而是此刻大家普遍认为，监禁等于死刑。必须承认，这种想法是有一定道理的。显然，鼠疫最喜欢攻击的对象是那些选择在群体中生活的人：士兵、囚犯、僧侣和修女。虽然有些囚犯被单独关押，但监狱毕竟也是一个社区，这一点可以从狱卒死亡率与囚犯死亡率相同这一事实得到证明。鼠疫对任何人都一视同仁，在它的专制统治下，从高高在上的监狱长到最卑微的罪犯，人人都会被判刑。这也许是公正的法律第一次统治了监狱。

不过当地政府并不喜欢这种公正，为了将等级划分得更明确，他们制作了一种勋章，专门用来授给那些因为疫情而牺牲在岗位上的狱卒们。从现在的局势来看，狱卒们的工作至关重要，因此当地政府认为，他们也应当和军人一样拥有佩戴军功章的资格。还没等囚犯们提出抗议，军队中就传来了不满的声音，军人们并不认同当局的这种做法。于是，当局又想出了一个解决方案：为牺牲的狱卒授予抗疫奖章。可是，抗疫奖章的影响力远不如军功章，而且在疫情泛滥的日子里，这种奖章太容易得到了。因此，没有人满足于这样的做法。

而且，因为监狱系统的特殊性，他们也不能遵循宗教和军事部门规定的程序。该镇两所修道院的僧侣已被疏散，他们暂时与虔诚的教徒住在一起。同样，只要有必要，士兵们也可以搬出营房，住在学校或公共建筑里。显然，这一疾病迫使我们团结在一个被困住的城镇里，但与此同时，它也瓦解了长期稳定的社区，使人们以个人的身份在相对孤立的状态下生活。这增加了人们心中普遍的不安感。

可以想象到，这些情绪的变化，再加上大风，对某些人的思想产生了煽动性的影响。现在城门经常遭到攻击，看守城门的人都必须荷枪实弹了。

在一次交火过程中，双方出现了不同程度的人员伤亡，有几个暴徒还趁乱逃出了城。于是，政府再次加强了岗哨，这让那些试图逃跑的人停下了脚步。然而，他们又开始洗劫某些被烧毁或者被卫生部门查封的房屋。通常情况下，这种行为不是有预谋的，而是一些偶然因素促使原本正常的人头脑发热而做出了冲动的事情，这种行为很快就会有效仿者。你有时会看到一个人由于某种疯狂的冲动，在主人的眼皮底下冲进燃烧着的房子里，而主人却站在旁边，一动不动地注视着火焰发呆。许多旁观者看到冷漠的屋主后，就自然而然地跟着第一个人冲进了房子里。很快，一幅令人匪夷所思的画面便出现了：黑暗的街道上到处都是扛着装饰品或家具奔跑的人，在火光的映照下，这些人的身影变得奇怪、扭曲。

这些事情的发生，迫使当局发布了戒严令，并要求相关部门严格执行。两个冲进房屋中的掠夺者被处决了，但每天都有无数人因为鼠疫而死，因此这两起处决并不能引起人们的注意。

实际上，这类场景仍经常发生，当局甚至没有表现出想要继续干预的样子。唯一对民众有一定影响的规定是宵禁令，从晚上十一点钟开始，奥兰便陷入一片漆黑，似乎成了一座巨大的墓地。

月光下的城市，是苍白无声的。笔直的街道和已经泛灰的白墙，井然有序地排列在小城中。这里没有任何树的阴影，没有任何脚步声或者狗吠声。这座寂静的城市不过是一群巨大的、毫无生机的立方体建筑的集合，中间只有一些伟人的肖像，他们裹着青铜外壳，面孔要么是石头，要么是金属，这些俗气的雕像毫无生气地站立在广场和街道上，在低垂的天空下凝视着这座城市。在这座城市里，瘟疫、石头和黑暗，令所有的声音都消失了。

永无止境的黑暗仿佛统治了人的心，现在无论发生什么事情都会使人们的神经敏感，就连那些关于葬礼的荒唐故事都无法让城里的人安心了。叙述者并不是有意要讲关于葬礼的故事，他知道，将这样的事情讲出来，会受到多方的责备。但是这段时间里，葬礼从未停止过，这家办完那家接着办，从某种程度上讲，叙述者是被迫见证了很多场葬礼。同每一个不愿面对死亡的旁观者一样，大家不得不注意到这些葬礼。但无论如何，他对这种仪式并没有什么任何兴趣，他更喜欢生活在现实世界中，与那些鲜活的生命相处，就像在海中沐浴时那样。当然，在海中沐浴的感染风险是众所周知的，但还是有很多人会选择闭上眼睛，捂住耳朵，拒绝接受那些自己不愿意面对的事实。人总是这样，只要事实是令人不快的，便会主动对它视而不见，甚至抛之脑后。但是，事实不会随着时间的流逝而消失，总有一天你需要直面它。例如，当你的爱人举行葬礼时，你又怎么能继续逃避呢？

现在，我们的葬礼仪式最显著的特点就是速度快，所有的繁文缛节都取消了。政府禁止家属给死者守夜后，晚上死去的人只能独自过夜，白天死去的人则会被立即埋葬。家属当然会被通知，但在大多数情况下，由于死者曾与他们住在一起，家属会被隔离，因此也无法正常操办丧事。那些未在一起生活的家属则会得到通知，在这之后，尸体被洗好放进棺材里，去墓地的旅程就要开始了。

我们假设这些手续是在里厄掌管的附属医院里进行的。这所改建的学校主楼后面有一个出口，走廊上有一间大储藏室，里面放着棺材。家属到达后，会在走廊里发现一个已经钉好了的棺材。然后一家之主正式签署表格后，棺材被抬上一辆汽车——一辆真正的灵车或一辆改装的大型救护车。送葬者则需要坐上为数不多的仍被允许运营的出租车。车辆绕过市中心，加大马力驶向墓地。到达城门口时，车辆会被拦停，警察会在出城许可证上盖个橡皮图章，没有这个图章，我们的公民就不能有他们所谓的最后的安息之地。接下来，警察退后几步，车辆继续往前行驶，最后会停在一块空地附近，那里有许多敞开着的坟墓，它们正在等待着新的住户。因为现在禁止在葬礼上做礼拜，所以牧师只能在此迎接送葬者。在哀乐声中，人们把棺材从灵车里拖出来，再用绳子捆起来运到墓地。松开绳子后，棺材重重地落在了坑底。牧师刚开始洒圣水，第一块草皮就从铁锹上弹了出去。运送死者的车子已经离开了，他们着急回去喷洒消毒剂。随着棺材上的土层越来越厚，泥土发出的声音也变得越来越沉闷。送葬的亲属们已经挤进了出租车里，只需一刻钟，他们就能返回家中。

整场葬礼以最快的速度和最小的风险完成了。的确，在早期，人们会被这种闪电式的送葬方式激怒，他们觉得这是对死者的不敬。但随着疫情越来越严重，人们便明白，一切都要为了效率而牺牲。

虽然一开始，民众抗议过，希望给亲友一个"体面的葬礼"，但随着时间的推移，吃饭的问题变得更加紧迫，民众开始意识到生活刚需的重要性。人们把大量的精力花在填表格、四处寻找补给、排队等事情上，他们没有时间去思考周围的人是如何死去的，而他们自己也有一天会死去，那时候又有什么办法呢？

有一段时间，里厄掌管的医院的棺材数量减少到只有五口。棺材每次被装满后，就会被装进救护车。到了公墓，它们会被抬出来，一具具铁灰色的尸体被放在担架上，抬到那个临时停放尸体的棚子里，轮流下葬。已清空的棺材在喷上消毒剂后，又会被迅速送回医院，这一过程按需重复进行。这种方式运行良好，解决了因死人带来的很多问题，得到了上级领导的认可，省长甚至对里厄说，这确实是一个很大的创新。

自古以来，制度在实行中多多少少都会出现一些问题，尽管当下政府的作为可以称得上是尽善尽美了，但仍然会有一些让人不那么高兴的事情发生。为了将感染风险降到最低，当地政府开始禁止死者的亲属出现在葬礼上，他们只能站在墓地的门口远远看着，后来连这样的做法都不允许了，因为关于葬礼的规定又发生了一些变化。在墓地的那边，有一片开阔的空地，上面原本长满了小扁豆，政府派人在那里挖了两个大坑，一个用来葬男人，一个用来葬女人。在这段时间里，当局还是重视葬礼的礼节的，但到了后来，当事态发展得更加严重的时候，人类最后的一点儿礼义廉耻也被抛到了九霄云外，男男女女被"不分青红皂白"地扔进了同一个坑里。唯·值得庆幸的是，这种极端情况的出现，也意味着鼠疫短暂地消失了。

在我们现在所谈论的这个时期，男人和女人还是分开埋葬的，当地政府非常重视这一点。每个坑的底部都有一层很厚的生石灰，这些生石灰已经蒸熟并沸腾了。在坑口处，还准备着大量生石灰。当救护车来到后，一丝不挂、形体扭曲的尸体几乎同时滑进坑里，然后再盖上一层生石灰和一层泥土，土层只有几英寸深，以便为后来者留下空间。次日，他们会请近亲在埋葬登记册上签名,这显示了人与狗的区别：人死了还是需要登个记的。

显然，所有流程都需要大量的工作人员，里厄经常感到缺人手。许多掘墓人、抬担架的人，以及最初的公务员和后来的志愿者，都死于瘟疫。不管预防措施有多严格，总有一天都会被传染。尽管如此，令人惊奇的是，无论鼠疫持续多久，这些工作都不缺人来做。在疫情达到高峰之前，里厄有充分的理由感到焦虑，当时无论是高级职位还是粗活儿，都出现了人力短缺。但疫情进入高峰期，整个城镇都被疾病所控制时，里厄的焦虑却缓解了，因为许多人失业了。能胜任行政工作的人寥寥无几，但招募从事"粗活儿"的人就容易多了。的确，贫穷比死亡更可怕，而且风险越高的活儿，报酬也越高。卫生部门总是有一份等待工作的申请名单，每当有人员空缺的时候，名单上排在前面的人就会被通知。除非他们已经离开人世了，否则他们在接到召唤时，绝对会第一时间出现。这位省长一直不愿意雇用犯人，无论是短期的犯人还是终身的犯人，他都尽量避免采取这种令人厌恶的措施。他说，只要还有失业人员，我们就等得起。

因此，在8月底之前，即使不是在非常体面的条件下，我们死去的同胞也还可以在比较有序的情况下被运送到他们最后的安息地，这也让当地政府觉得他们为死者和死者家属履行了自己的职责。但是，自8月以来，因鼠疫而死的人数已经远远超过了小墓地的承受能力。事实证明，推倒城墙和让死者侵占邻近的其他土地等方案是行不通的，必须立刻想出新方法。第一个新方法是在夜间埋葬死者，尸体尽可能多地被塞进救护车。若有人夜间在偏远地区行走，或者是因工作需要到那里去，就会看到无数辆白色救护车疾驰而过，在夜间的街道上留下清晰的叮当声。

尸体被横七竖八地倒进坑里，还没等妥善安置好，就被一铲生石灰烤焦了脸，泥土又毫不留情地盖住了他们。随着时间的推移，埋尸体的坑被挖得越来越深。

然而，没过多久，这个处理死者的方法就行不通了，政府必须寻找新的空间，想出新的方法。政府通过了一项特别的紧急措施，将坟墓的主人们赶出坟墓，并将挖出的遗体送往火葬场。很快，鼠疫的新受害者也不得不在烈火中消失。

这就意味着，城东大门外的老火葬场必须被利用起来。因此，东门的岗哨被移到了更外面。后来，一位市政工作人员想出了一个主意，这对毫无头绪的当地政府大有帮助：他们建议使用沿海岸公路行驶的有轨电车路线运送尸体，这条路之前已经不被使用了。从此，这条线上的有轨电车和拖车有了新的用途，一条支线被铺设到火葬场，火葬场成了一个终点站。

在夏末和整个秋天，每天都可以看到海岸悬崖边的道路上，有一队奇怪的没有乘客的有轨电车在天际线上摇摆着前进。这个地区的居民很快就知道发生了什么事。虽然悬崖上日夜有人巡逻，但还是有一小群人设法在岩石间隐蔽地穿行，当电车驶过时，他们会把鲜花扔进敞篷的拖车里。在夏末温暖的黑夜中，人们可以听到载满鲜花和尸体的电车在路上叮当作响。

在最初的几天里，一股油乎乎的、恶臭的烟云低低地笼罩在这座城市的东部地区。所有的医生都认为，尽管这气味会令人不快，但并没有什么害处。这一地区的居民曾经威胁要集体迁移，他们坚信细菌会从天上降下来。于是政府不得不安装一套复杂的装置来净化烟雾，以安抚他们。如今只有在刮大风的时候，才会有一股微弱的气味从东方飘来。这似乎在提醒着他们，他们生活的环境里，鼠疫正在夺走他们的生命。

这就是鼠疫在其高峰期给人们带来的影响。情况并没有变得更糟，否则，就算我们的政府再足智多谋，我们的官员再勤劳能干，更不用说我们的火葬场如何如何，城市都会崩溃的。里厄知道有人提出过铤而走险的解决办法，比如把尸体扔进海里，但那幅画面光是想想就太可怕了。他还知道，如果死亡率再上升，整个社会都会瘫痪。不管当地政府怎么做，人们都会一堆堆地死去，尸体在街上腐烂，整个城镇都会陷入某种疯狂中。人们会看到，那些垂死的人怀着一种可以被理解的仇恨和某种绝望的心情，在广场上拥抱那些活着的人，向他们告别。

正是这些存在于想象中的恐惧，使我们的居民一直都有被放逐和与世隔绝的感觉。关于这一点，叙述者非常清楚地意识到，他无法记录什么壮观的场面、英勇的壮举或令人难忘的事迹，如同那些在编年史书上让我们激动不已的事情一样。事实上，没有什么比瘟疫更耸人听闻的事，也没有什么比对抗瘟疫更单调乏味的事。在那些经历过瘟疫的人的记忆中，被瘟疫折磨的那些日子，并不像熊熊大火燃烧时那般惨烈和迅速，更像是某种怪物在缓慢而从容地前进，它所到之处，一切都被碾碎。

不，真正的瘟疫暴发时并不像里厄想象的那般夸张。这是一个精明且不屈不挠的对手，是一个熟练的组织者，它把自己的工作做得有条不紊。顺便说一下，这也是叙述者为了不歪曲事实，更重要的是为了不歪曲自己，而力求客观的原因。

他不得不承认，尽管痛苦的主要来源——最深刻和最广泛的来源——是分离，但他有责任把这个问题讲得更透彻，因为在鼠疫的后期，即使是面对这种痛苦，有些人也失去了所谓的人性。

难道我们的同胞，即使是那些最深切地感到与亲人分离的滋味的人，也已经习惯了没有亲人的日子吗？不，准确地说，他们的精神和身体都在逐渐衰弱。在瘟疫开始的时候，他们对失去的人记忆犹新，为亲人的离去感到痛苦。而此刻，虽然他们能清楚地回忆起心爱的人的面容、微笑、声音以及他们曾经无比幸福的时刻，但记忆里的人曾经做过什么，曾经在什么地方存在过，那些痕迹却越来越模糊。在瘟疫的第二阶段，他们的记忆也让他们失望了。这并不是说他们忘记了那个人本身，而是说，那个人失去了实体，他们已经无法在记忆中被寻找到了。

虽然在最初的几个星期里，他们常常抱怨说，他们的爱情曾经是什么，意味着什么。但现在他们明白了，即使是记忆也会逐渐消失，当他们不再拥有对这个生命的记忆时，那它就会变得黯淡无光。在他们结束了长期的分离时，他们也失去了自己曾经拥有的那种去爱的能力。

与此同时，他们已经开始懂得遵守鼠疫时期的生活规则，这种规则最大的特点便是越平庸就越具影响力。在鼠疫刚开始的时候，人们心中有满腔愤恨，他们最大的愿望就是希望鼠疫可以早点儿结束。即使现在人们依然有这样的愿望，但当他们说出"早点儿结束吧"这句话的时候，情绪也没有过大的起伏了，他们的语气已经失去了早期时的那种强烈的渴望和怨恨，好像只是再平常不过地把那个在脑海中徘徊已久的念头说出来了一样，沮丧代替了激烈反抗，或许人们不是不想反抗，而是不知道应该如何反抗了。

我们的同胞已经竭尽全力地让自己去适应形势了，因为现在除了适应已经没有其他办法了。在那些不幸的遭遇和痛苦的事件面前，他们依然会保持自己应有的态度，只是他们不再有心脏被刺痛的感觉了。事实上，对其中一些人，如里厄来说，这恰恰是最令人沮丧的事情：习惯绝望比绝望本身更糟糕。

之前，那些与亲人分离的人并没有感受到特别的痛苦，因为他们总是抱有一丝希望。这希望就像是一盏小小的灯，在那些受苦的夜晚给他们带来光亮。但现在，那盏灯熄灭了。在街角，在咖啡馆或朋友家，都能看到他们无精打采、无动于衷，看上去十分无聊的样子。因为他们的存在，整个小镇就像一个铁路候车室。那些有工作的人就按防治瘟疫的要求，一言不发地在他们周围走动，每个人都是小心翼翼的。他们之前不愿讨论自己的伤痛，而现在那些曾被隐藏起来的伤痛可以袒露在阳光下，随便谈论了。

没有回忆，也没有希望，他们只活在当下，此时此地对他们来说就是一切。这场瘟疫已经逐渐扼杀了我们所有人，爱情被它杀死了，友谊也被它杀死了。这是合乎常理的，因为维持一段爱情或友谊都要对未来有所期待，而我们一无所有，只有现在。

鼠疫好像让每个人都失去了最独一无二的东西。在鼠疫发展的早期，他们被各种忧思所扰，他们不关心别人的想法，也不在乎他人的命运，他们将所有的注意力都放在了自己身上。但现在呢，他们只对别人感兴趣的东西感兴趣，他们的想法开始变得世俗，不再拥有自己的个性。他们已经完全被鼠疫控制了，有时候，他们脑海中甚至会冒出这样的念头：

"这不是鼠疫，只是淋巴结炎而已！"

实际上，他们只是用这种想法来麻醉自己罢了。城里到处都是醒着的梦中人，他们只会在午夜梦回时忽然惊醒，在已愈合的伤口突然崩开的时候，他们会恍惚地抚摸着略有些发炎的伤口，又忽然陷入了更大的痛苦中。与痛苦相伴的，还有他爱人的那张惊慌失措的脸。到了早上，他们醒来之后，又需要强撑着去面对瘟疫流行的现实。

也许有人会问，这些身处鼠疫之中的居民给观察者留下了什么印象？答案很简单，他们看起来和其他人一样，没有什么特殊，他们一同感受着城市的麻木和骚动，他们失去了批判精神，不过，他们表面看起来还是沉着冷静的。

他们当中有一些比较聪明的人，也会像其他所有人一样，研究报纸或者是听广播，很显然，他们是想从中找到一些理由来让自己相信——鼠疫很快就会结束了，他们会根据这一信息去幻想那些莫须有的未来。某一天，他们可能会看到一些记者在无聊时，打着哈欠随意写下的夸大的负面消息，然后就开始恐惧。更多的时候，他们还是照旧喝着啤酒、照顾着病人，或者让自己忙碌起来，在办公室归档文件、在家里玩留声机。总之，他们之间已经没有任何不同了，每个人都在重复着相同的生活。或者可以这样理解，鼠疫消除了歧视，它使一切都变得平等了。因为在鼠疫面前，人们已经没有选择的欲望了，现在没有人会因为买什么衣服或者吃什么食物而感到烦恼，一切都是既来之则安之。

不可否认的是，这场灾难影响了每个人。枪声在城门口的回响，标志着生与死的橡皮印章会准时落下敲击之声，一份份文件在各部门之间相互传递，无数场火灾正在发生，民众终日在这样的环境中生活，内心早已经被恐慌占据。最终，所有人都会变成记录单上的一个名字，被毫无尊严地扔进那个坟墓，丑陋地死去。当下，我们终日面对的是有毒的烟雾，呼啸而过的救护车，我们每天吃着发酸的面包，茫然地等待着不知道什么时候才会到来的重聚。毫无疑问，我们心中的爱依然存在着，但现在它已经变成了内心深处的一堆毫无生气的东西，我们就像被判了无期徒刑或死刑的罪犯，完全没有希望了。换一个说法来解释人们当前的状态，大家就像在食品店排长队一样，只能听天由命，克制着倾诉的欲望，既不抱有幻想，又看不到尽头在哪儿。不同的是，排长队的人在精神上受到的折磨，还是无法与分离带来的痛苦相比。因为分离之痛对人精神上的摧残，是永远都不会消失的。

如果读者要想象出这些梦游者是怎样的人，我们就必须再一次回想起曾经的那些黄昏。没有树荫遮挡的街道上挤满了男男女女，整个城市被金色的夕阳笼罩。但与昔日不同的是，汽车的轰鸣声消失了，人们扯着嗓子交谈的声音也消失了。只有低沉的对话声和人们不断移动时发出的脚步声，那是无数双脚在闷热的空气中随着鼠疫的"呼吸"而迈出的步伐，是一群人在等待的声音，是一种无休止的、令人窒息的声音。这些声音充斥城市的每一个角落，夜复一夜的、直截了当地表达出最真

实、最悲哀的情绪，这种不可言说的情绪将我们心中的美好全部赶
走了。

第四部分

整个9月和10月，奥兰城在鼠疫的统治下变得毫无生机。日子每天都在重复，除了重复，人们没有什么别的事情可以做。于是，城里几十万的男男女女就这样度过了漫长的几个星期。

高温和大雨轮番攻击着街道，从南方飞来的椋鸟和画眉，正费尽心思地想从我们城市的上空绕过去，仿佛有什么高音喇叭在向它们大声呼喊："远离这里！不要靠近！"10月初，大雨开始变着法儿地冲刷街道。到目前为止，这里没有再发生什么令人意想不到的大事，人们依然是用相同的方式过着每一天。

直到现在，里厄和他的朋友们才意识到他们是多么的疲惫。事实上，卫生小组的志愿者已经放弃了，他们对待工作的态度开始变得敷衍。里厄注意到他的伙伴们和他自己的心态也不可避免地发生了变化，他们产生了一种对一切都漠不关心的奇怪态度。他曾经对每一条关于瘟疫的新闻都表现出了浓厚的兴趣，而现在他都懒得听了。兰伯特的旅馆被政府征用了，那里现在变成了一个检疫站。兰伯特可以随时说出进出这里的确切人数，也能清楚地告诉你一个病人从发病到撤离所需要注意的每一个细节，就连检疫站内抗鼠疫疫苗的接种数据，他都熟记于心。然而，他不可能告诉你这一周的鼠疫病人死亡总数，也不可能说得出这个数字是上升还是下降。尽管如此，他仍然没有放弃有朝一日能够"脱身的希望"。

至于其他的人，他们把所有时间都花在了工作上，不看报纸，也不听收音机。有时，他们也会装出兴致勃勃的样子一起讨论某个新闻，但实际上，他们的内心是无动于衷的。我们可以将他们想象为经历了漫长战争的战士，他们已经疲惫不堪了，不在乎什么时候可以停战，什么时候又可以胜利，他们已经不再抱有任何期待，只想把分内之事做好。

尽管格兰德仍在有条不紊地计算着与瘟疫有关的数字，但他肯定没想过这些数字代表的是什么。他不像里厄、兰伯特和塔鲁那样，这些人都是钢筋铁骨的战士，但他不是。现在，他除了在市政府工作之外，还在里厄手下做秘书，晚上还要做一些自己的事情。他越来越疲惫，他觉得如果他还能坚持下去，那得归功于他的想象力。他想象在鼠疫结束的那一天，可以休一个完整的假，至少一个星期。那样的话，他就可以踏踏实实地去干自己想干的事情。偶尔，他也会变得多愁善感，在这种时候，他会跟里厄谈起关于珍妮的事情。

她现在怎么样了？他想，她读报纸的时候，会想到他吗？有一天，里厄突然开口谈论起他的妻子来，而且还聊起了一些他从来没有对任何人说过的事情，这使格兰德大为吃惊。

里厄妻子发来的电报总是报喜不报忧，里厄不太确信妻子说的话是否都是真的。于是，他决定给疗养院的内科医生发电报。内科医生答复他，妻子的病情加重了，现在正在采取一切措施阻止病情进一步

恶化。之前，他没有把这个消息告诉任何人，可能是因为他太累了，但此时此刻他也需要倾诉，所以他把这个消息告诉了格兰德。在和医生谈论珍妮的时候，格兰德问了一些关于里厄夫人的问题，听到回答之后，格兰德安慰说："你知道，他们现在的治疗方法很可靠。"里厄同意这个说法，只是补充说，长时间的分离已经开始影响到他了，而且，他本可以帮助他的妻子早日康复，现在她一定感到非常孤独。说完这些后，他沉默了，格兰德再问他什么，他也只是含糊其词地回答。

其他人的情况也差不多。也许卡斯特医生比他们中的任何一个都更疲惫。有一天，他告诉里厄，抗鼠疫血清已经准备好了，他们决定先在奥森先生的小儿子身上试一试，那孩子的病看来几乎没有希望了。里厄去找他的时候，他正在打盹儿，也就是这一瞬间，里厄才清楚地看到老医生满面的疲惫，他苍老了很多，研制血清疫苗把他的所有精气神都耗完了。

看着眼前的一幕，里厄的心被狠狠地刺痛了，但他没有别的办法。他无法给老医生带来什么实质性的帮助，也不能表现得太过沮丧。于是，他让自己的心硬起来，将真正的自己藏在铁面无私的外表下，他知道这是唯一的出路，只有这样做才能保护自己。自从鼠疫蔓延，他心中的美好幻想就所剩无几了，近期的疲劳甚至将他仅有的几个幻想也夺去了。当下的情况已经不允许他履行一位医生应有的职责了，他现在最重要的任务不再是治病，而是诊断和记录病情。他每天都在发现病例、观察病例的反应，然后将看到的一切不良反应记录下来，再描述给病人的家属。谁愿意只听坏结果，不听治疗方案呢？可想而知，当里厄将最后的诊断结果告诉病人家属时，会面对怎样激烈的谴责。女人会抓住他的袖子，尖声叫道："医生，你会救他的，是吗？"

但他不是为了救人而来的，他的工作只有确诊和隔离病人。他解释后，女人就会尖叫："你没有心！你没有心！"

不，他有心。它见证着他一天二十个小时的工作，见证着他每时每刻都在看着那些本应活下去的人死去。他每天清晨都要靠着这颗心重新振作起来，他在用钢铁一般的意志来完成任务。这样一颗疲惫不堪的心，怎么还能救得了其他生命呢？

他在那些日子里提供给人们的不是医疗援助，而是信息。这当然不是一位合格的医生应该做的事，但当所有人都已经被鼠疫蹂躏得面目全非时，谁还有空去在意这些呢？对里厄来说，他的疲惫是"塞翁失马，焉知祸福"。如果他不那么疲倦，他的感知会更敏锐，那四处弥漫的死亡气息也许会使他比现在更多愁善感。但如果一个人一天只能睡四个小时，他就没有多余的精气神去伤春悲秋了。

在瘟疫暴发前，人们视他为救世主，他用几粒药丸或打一针就可以治好一个人，人们会热情地挽着他的胳膊，将他带到家中。现在正相反，他是由士兵陪着来的，他们必须用枪托敲门，家属才会开门。那些人恨不得把他一起拖进坟墓。他和这些不幸的人一样无可奈何，他每次离开病人家时，心头都充满了怜悯。

对于所有与传染病作斗争的人来说，精疲力竭带来的最可怕的影响，并不是他们对外界的事情和他人的感情漠不关心，而是他们允许自己的个人生活变得懒散。他们逐渐形成了一种逃避的心态，似乎不是必要的事情就尽量不做。越来越多的人开始频繁违反政府制定的卫生规则，他们省去了本应进行的许多消毒工作，有时不采取任何防感染的保护措施，就跑到病患家中去。因为他们通常是最后才接到指令的人，每天都有无数的病患需要观察，只是奔走于各病患家就已经很累了，他们没有多余的时间和精力再回卫生服务站进行必要的消毒。真正的危险就存在于此，因为他们是与传染源接触最密切的人群，但他们变得丝毫不在意危险，而是用自己的运气在赌，但是，好运从不会眷顾所有人。

然而，镇上有一个人似乎从不疲惫，也从不气馁，那就是科塔德。他有一个与众人不同的想法，在他看来，一个人不会同时承受两种磨难。就好像，你身患重病，就不会再有另外一种病找上你；再比如说车祸不可能找上一个患有不治之症的人。总之，他认定自己不会被鼠疫传染。他唯一担心的只有被警察抓走，但现在这里已经没有警察查案子了，那他还有什么好怕的呢？

科塔德最喜欢找的人是塔鲁，因为塔鲁对他的事情心知肚明，而且塔鲁待人待事总是保持着友善，这让他感觉十分舒服。在塔鲁的记载中，鼠疫找到了志同道合的伙伴，科塔德是一个孤独却又不甘心被冷落的人，在这件事上，鼠疫成了他的帮手。科塔德和塔鲁会在夜晚时分挤进乌嚷嚷的人群中，然后跟着人群一起来到可以寻欢作乐的地方。鼠疫没有暴发之前，科塔德最大的期望就是可以享受纸醉金迷的生活。那些期望如今正在一一实现，许多居民已经抛弃了理智和矜持，他们不顾一切地消费奢侈品，放肆地进出娱乐场所，科塔德的期望变成了奥兰城中大多数人的期望。有一次，科塔德和塔鲁发现一对年轻情侣在大街上旁若无人地卿卿我我，从前他们总是会回避着些，现在却不再在乎任何人的眼光。科塔德认真地观察着这些情侣，并放声大笑。对此，塔鲁的看法是：正因为科塔德经历过好友的背叛，经历过寝食难安的日子，因此在面对鼠疫、面对死亡时，他与别人的反应是不同的。当所有人都在忍受煎熬的时候，那些曾经的痛苦经历，让他拥有了额外的承受痛苦的能力。

一天晚上，塔鲁邀请科塔德去市政歌剧院看正在演出的《俄耳甫斯》。这个巡回歌剧团在春天的时候来奥兰城演出，没想到碰上了鼠疫暴发，剧团里的所有人都滞留在了这里。于是，在和剧院商议后，他们决定每周在这里演出一次。就这样，几个月来，每个星期五的晚上，都能听到歌剧院里回荡着俄耳甫斯的感人哀歌和欧律狄刻徒劳的呼吁。仔细一算，这出戏已经在这里演过很多遍了，但它依然很受欢迎，剧院内经常座无虚席。塔鲁和科塔德买了最贵的座位，那里几乎可以将剧院的正厅尽收眼底，正厅里面全是奥兰城上流社会中的精英。管弦乐队正在调音，可以看到穿着晚礼服的男人们从这一排走到那一排，在灯光下优雅地跟朋友们握手问好。在温文尔雅的谈话声中，他们短暂地摆脱了黑暗，自信的光芒重新回到了他们身上。晚礼服变成了赶走鼠疫的可靠法宝。

在第一幕中，俄耳甫斯一直婉转地叹息着失去欧律狄刻的悲伤，身穿希腊长袍的妇女们用优美的歌声叙述着他的困境，唱着对爱情的赞美诗。观众掌声热烈，神情却很谨慎。没几个人注意到，俄耳甫斯在他的第二幕歌曲中使用了一些乐谱上原本没有的颤音，他用眼泪祈求冥界之主，用一种近乎夸张的形式表达着自己的感情。他的动作相当剧烈，但我们的舞台艺术鉴赏家却认为这是一种巧妙的表演，将他所唱歌词中的情感表现得淋漓尽致。

直到奥菲斯和欧律狄刻在第三幕的大二重唱，也就是欧律狄刻从她的情人身边溜走的那一刻，剧院里突然响起一阵惊讶的声音。俄耳甫斯怪里怪气、摇摇晃晃地走到脚灯前，他伸开四肢，仰面朝上，倒在了舞台中央。这不是歌剧中原本该有的动作，此刻，观众都觉得这个动作令人毛骨悚然。

就在乐队停止演奏的同时，观众立刻站起来，开始离开礼堂。起初是缓慢而安静的，就像礼拜者在礼拜结束后离开教堂，或者在对死者作了告别后离开灵堂一样，妇女们撩起裙子，低着头走动，男人们扶着妇女们的胳膊肘，以免她们碰到一排排折叠的座位。但是没一会儿，他们的动作就加快了，窃窃私语也变成了大声叫嚷。最后，人群蜂拥着向出口挤去，混乱中甚至还能听到女人惊恐的尖叫声。

科塔德和塔鲁从座位上站起来，低头看着眼前这幅戏剧性的画面：鼠疫以舞台上演员怪异的表演形式出现，被遗忘在礼堂里的扇子和红色长毛绒座位上的花边披肩变成了无用的奢侈品。

9月初，兰伯特一直兢兢业业地在里厄身边工作。只有那天，他请了几个小时的假，因为他要在男校外面与冈萨雷斯和那两个年轻人见面。冈萨雷斯在中午准时赴约，当他和兰伯特谈话时，他们看见两个守卫笑着向他们走来。他们说上次运气不好，不过这也是意料之中的事。但是，这周也不行，因为没轮到他们值勤。兰伯特必须耐心地等到下个星期，那时候，他们会再试一次。兰伯特有的是耐心，因为他所从事的行业，耐心是不可或缺的。冈萨雷斯建议他们下周一再见面，下一次的见面，可以安排在马塞尔或者路易斯的家中。

"你和我，我们约个时间。如果我不来，你就直接去他们那儿。会有人把地址给你。"但是马塞尔和路易斯告诉他，最安全的办法是马上把他的朋友带到那里，这样他下次就肯定能找到地址。如果他不挑剔的话，那里还有足够四个人吃的食物。这是最稳妥的方法。

冈萨雷斯也认为这是个好主意，于是他们四人向港口出发。

马塞尔和路易斯住在海军街区的尽头，靠近通往悬崖路的那道城门。这是一所西班牙式的小房子，有着鲜艳的百叶窗和光秃秃的房间。两个小伙儿的母亲是一位满脸皱纹、面带微笑的西班牙老妇人。她端来了丰盛的食物，这让冈萨雷斯感到很吃惊，因为米饭现在已经变成了很稀缺的食物。

"守着城门总能拿到你想要的。"马塞尔淡淡地说了一句。

兰伯特大口地吃着、大口地喝着，冈萨雷斯说他真够冷静的，但其实这位记者心中却一直在考虑还要等上一周这件事。

实际上，他还得再等两个星期，因为当地政府为了减少轮班的次数，特意将值班的时间延长到了两周。在这两个星期里，兰伯特不知疲倦地工作着，从黎明到夜晚，就连闭着眼睛休息时都在工作。他很晚才睡觉，总是睡得很沉。从闲散的生活突然到超负荷的工作，他几乎没有时间和精力去幻想未来。他很少跟别人谈及他即将逃跑的事，只有一件事值得注意：一周后，他向医生承认自己前天晚上第一次喝醉了。离开酒吧时，他觉得自己的腹股沟肿了，挪动胳膊时腋窝也疼。他觉得自己一定是染上鼠疫了。然后他跑去山顶上哭喊发泄，发泄完回来之后，他又感觉自己没什么问题了。里厄倒是告诉他这很正常，他说："人在某些时刻的确会有这样的想法。"就在兰伯特准备和里厄分开时，里厄又说道："还有，奥森先生又提到了你，他问我和你熟不熟悉，想提醒你别跟走私贩子来往。"

"您的意思是？"

"想走的话要赶快了。"里厄笑了。

一周后，兰伯特搬进了那间西班牙小屋。他不能出门，只能老实在里面待着，跟那个西班牙老太太讲讲话。按照约定，这天晚上他应该出发了，但他还想再看看里厄。塔鲁尽管十分疲惫，还是带他去了。

里厄工作的地方十分炎热，窗户紧闭，电风扇在嗡嗡作响，风扇的叶片搅动着炎热的空气。里厄正在这令人生畏的高温中给病人做腹股沟手术，在他做完这一切之后，才转向塔鲁。

"怎么样了？"塔鲁关心地问。

"卡斯特完成了第一批疫苗的研制，准备开始做试验。"里厄医生回答道。

"太好了。"

当里厄看到兰伯特的时候，他有些吃惊："你怎么到这儿来了，不是该准备走了吗？"

"我想来看看您。"

他们一边说着话，一边离开了病房。塔鲁启动汽车，准备送里厄回家。在夜风与发动机的轰鸣中，兰伯特看了看旁边的里厄，开口说道："我想我还是应该留下来。"

"为什么？"里厄十分不理解。

"以前我觉得我是局外人，我想要去我所爱之人的身边。"兰伯特说道，"而现在我是这里的一分子了，我想，若我逃离了这里，我又该如何面对她呢？"

已经是午夜时分，塔鲁和里厄还是想要送他出城，他们知道这是兰伯特和守卫约好的时间，而兰伯特移开了视线，不动声色地说："我来之前就已经告诉他们我的决定了。"

10月底，人们开始将卡斯特研制出的抗鼠疫血清投入实验。实际上，这是里厄的最后一张牌。如果这也失败了，里厄就可以确信整个小镇都将听任这场鼠疫的摆布，它要么继续肆虐一段无法预测的时间，要么莫名其妙地自行消亡。

就在卡斯特拜访里厄的前一天，奥森先生的儿子病倒了，他们全家不得不接受隔离检疫。刚从隔离医院出来的奥森夫人再次被送进了医院。这位地方官遵照官方的规定，一看到他的小儿子出现了鼠疫的症状，就立刻派人去请里厄来。里厄进来时，奥森夫妇都站在床边。那男孩正处于极度衰弱的阶段，对里厄的检查毫无反应。里厄检查结束，抬起头时，发现奥森法官的目光正盯着他。在法官身后的，是孩子母亲那苍白的脸。她用一块手帕捂住嘴，睁大眼睛注视着里厄的每一个动作。

"我想他是吧？"法官用一种没有音调的声音问。

"是。"里厄又低头望着那孩子。

孩子母亲的眼睛睁得更大了，但仍然没有说话。奥森法官也沉默了一会儿，然后用更低的声音说："好吧，医生，我们必须照吩咐去做。"

"不用太久。"里厄有点儿犹豫地说，"如果你让我用一下你的电话的话。"

奥森法官说他会马上带他去打电话。在走之前，里厄转过身来对着奥森夫人说："非常遗憾，但恐怕您得把东西先准备好了。您知道这是怎么一回事儿。"

奥森夫人盯着地板，过了好一会儿才有反应，她慢慢地点了点头。

里厄心里很难受，一种冲动让他突然开口，里厄询问他们有没有什么要他帮忙的。奥森法官回避了他的目光。"没有。可是，"他说，然后使劲咽了口唾沫，"救救我的儿子吧！"

现在里厄和兰伯特以非常严格的方式重新组织了隔离。具体地说，他们坚持要把病人家属也都分开隔离。不这么做的话，如果家属中有一人在不知不觉中被感染了，那么就会扩大感染的风险。里厄把这件事解释给奥森法官听，法官表示同意。不过，他和他的妻子交换了一个眼色，这眼色使里厄明白，他们两人现在都深切地感到了离别给他们带来的痛苦。奥森夫人和她的小女儿可以在隔离医院的房间里住下，由兰伯特负责。但没有足够的床位提供给法官了，他只能去政府在市政体育场搭建的一个隔离营地里，那个营地的帐篷是由公路局提供的。当里厄为住宿条件差而道歉时，奥森却表示没关系。

至于那个男孩，则被送进了附属医院。他的病情十分糟糕，如果不是因为里厄，他或许早已经被送进了坟墓，也正因如此，里厄才提出在他身上试验卡斯特研制的疫苗。疫苗注射花了很长时间，但男孩的身体没有发生任何变化。到了第二天，大家都跑来观察男孩的状况，想以此判断疫苗到底是否有用。

孩子从极端虚脱中醒了过来，四肢正在一个劲儿地抽搐。他闭着眼睛，咬紧牙关，气若游丝，痛苦地呻吟着。过了一会儿，连呻吟声也消失了，只剩下一阵接一阵的喘气声。

所有人都在等待，这几个月以来，他们看到过不少孩子死去，死神并没有表现出对任何人的偏袒，但是他们从来没有像现在这样，每分每秒都在紧紧盯着一个孩子痛苦地挣扎。不用说，这无辜的受害者所遭受的痛苦，在他们看来，令人心痛不已，事实上也的确如此。但在此之前，他们对鼠疫的厌恶，可以说是抽象的，因为他们从来没有这么长时间地目睹一个无辜孩子的垂死挣扎。

就在这时，男孩突然抽搐了一下，好像是有什么东西咬了他的肚子，他发出了一声又长又尖的哀号。在接下来的时间里，孩子保持着一种奇怪而扭曲的姿势，他的身体被痉挛一阵阵地折磨，他那瘦弱的身躯仿佛在瘟疫的猛烈攻击下，在反复发作的高烧下，已经垮了。剧烈反应过了，一切又平静下来，他好像稍微放松了一点儿，高烧似乎退下去。但马上第三次高烧又来了，那孩子蜷曲着身子，缩到床边，仿佛害怕火焰向他袭来，他的头狂躁地晃来晃去，毯子都被他甩掉了。他赤红的眼睑之间，涌出了大颗的泪珠，顺着凹陷的、铅灰色的双颊流下。痉挛又过去了，他瘦弱的腿和胳膊绷得紧紧的，在染上鼠疫的四十八小时里，这个该死的恶魔将他身上的肌肉全都带走了。孩子平躺在杂乱的床上，受尽折磨，那姿势，那模样，就像是被钉在十字架上正在受苦的人。

塔鲁弯下腰，用他的大手轻轻地抚摸着那张满是泪水和汗水的小脸。卡斯特的眼睛正盯着孩子。他开始说话，但咳嗽了一声才继续说下去，因为他的声音太刺耳了："今天早上症状没有得到任何缓解吗，里厄？"

里厄摇摇头，补充说，这孩子比别人多挣扎了一段时间。帕纳鲁神父靠在墙上，低声说："他若要死，必多受苦楚。"

病房里的光线渐渐亮了起来。其他九张床上的病人在翻来覆去地呻吟，但他们似乎不约而同地将声音压低了。只有一个人在病房的另一头尖叫着，或者说，每隔一段时间就发出一声小小的惊呼，似乎表达的是惊讶而不是痛苦。的确，人们可以感觉到，即使是病人，早期那种对鼠疫的极度的恐惧感也已经消失了，他们现在对这种疾病的态度是悲观且听天由命的，只有那孩子仍在用他的小身板与病魔战斗。里厄不时地量量他的脉搏，这倒不是因为有什么用处，而是为了监测他身体的状态。当他闭上眼睛的时候，他似乎感到孩子的脉搏和自己的热血混合在了一起。这样，他便能和那孩子一起受折磨，至少他可以挣扎着用尽身上所有的力量去支撑着那孩子！但是，他们的心跳很快就无法一起跳动了，孩子从他身边逃走了，他再次意识到了自己的无能为力。他松开了那瘦小的手腕，回到自己的位置上。

阳光照进屋子里，白色墙壁上的光线由粉红色变为黄色。天气仍然炎热，格兰德转身要走，说他一会儿就回来，但没有一个人听到他的话，所有人都在等待着。孩子的眼睛仍然闭着，表情似乎平静了一些。突然，他睁开眼睛，望着立在他面前的里厄。他的小脸像灰色泥土面具一样僵硬，他慢慢地张开嘴唇，发出一声持续很久的尖叫，如同悲惨的抗议，可这种抗议是那么的稚气，那么的不协调，却又仿佛是病房里所有人共同发出的声音。里厄咬紧牙关，塔鲁把目光移开，兰伯特走过去站在卡斯特旁边，卡斯特合上了放在膝盖上的书。帕纳鲁低头望着孩子，那张被鼠疫留下疮疤的小嘴，发出了人类代代相传的愤怒和临死前的呐喊。帕纳鲁跪了下来，在场的人听到他用一种嘶哑的声音，在那无尽的哀号中清晰地说："主啊！饶了这个孩子！"

但是哀号没有停止，其他受难者也开始变得烦躁不安。病房另一头的病人现在加快了呻吟的节奏，开始齐声大叫起来，一阵呜咽声席卷了整个房间，也淹没了帕纳鲁的祈祷声。

"我得走了。"里厄说，"我再也听不下去了。"

突然，其他受难者都沉默了。这时，里厄才渐渐意识到，孩子的哭声变得越来越弱了，最终平息了下来。

可是孩子周围的呻吟声又响了起来，那声音是如此低沉，就像是结束战斗后的回声一样。一切都结束了。

卡斯特绕到床的另一边，孩子的嘴还张着，但已经不吭声了，他躺在乱蓬蓬的毯子里，那张脸好像又变小了一些，脸颊上的泪水还在流淌。

帕纳鲁走到床边，做了个祝福的手势。他拿起自己的长袍，从床与床之间的通道走了出来。

"你会重新开始吗？"塔鲁问卡斯特。卡斯特微微一笑，慢慢地点了点头："会，毕竟这孩子和鼠疫战斗了这么长时间。"

里厄已经走了出去，他走得那么快，脸上带着一副愤怒的表情。当他要经过门口时，帕纳鲁伸出一只胳膊阻止他。

"来吧，医生！"他说。

里厄猛地朝他转过身来："啊！不管怎么说，那孩子是无辜的，这一点你和我一样清楚！"

他大步向前，与帕纳鲁擦身而过，穿过学校的操场，来到了最里边的角落。他坐在昏暗树丛中的一张木凳上，擦去眼角的泪水，他真想大喊几句咒语，让被钢铁束缚的心得以解脱。热气从无花果树的枝叶间倾泻而下，白色的薄雾笼罩着清晨湛蓝的天空，使空气变得更加令人窒息。里厄疲惫地躺在木凳上，他望着粗糙的树枝和闪闪发光的天空，慢慢地缓过劲儿来，他正在努力抑制自己的疲劳感和暴躁情绪。

"你刚才为什么那么生气？这种结果对我们来说都不容易承受。"他的身后传来了帕纳鲁的声音。

里厄转向帕纳鲁："我知道，我很抱歉。但我太累了，累得发疯，累得想反抗。"

"我明白。"帕纳鲁低声说，"这超出了我们能承受的极限，所有的一切都让我们陷入了困境，而我们当热爱这种困境。"

里厄慢慢站直身子，他注视着帕纳鲁，把他所能积蓄起来的一切力量和热情都集中在他的目光里，以对抗他的疲惫。然后他摇了摇头。

"不，神父，我不爱，直到我死的那一天，我都不会爱那些让孩子们受尽折磨的计划。"

神父的脸上掠过一丝震惊的阴影。"啊，医生！"他伤心地说，"我才明白'恩典'是什么意思。"

里厄又倒在长凳上。他的倦意又回来了，无穷无尽的疲劳使他无法再那么激动，他语气温和了一些：

"我没有那些品德，我只能战斗，我们的合作也并非为了争论神学。"

神父在里厄身边坐下，显然，他被深深地感动了。"是的，是的！"他说，"你也在为救赎人类而工作。"

里厄勉强挤出了一丝微笑："救赎对我来说太缥缈了，我的目标没那么高。我只关心人类的健康，对我来说，他们的健康是第一位的。"

帕纳鲁似乎有些犹豫："医生？"他刚开口，就不作声了，他的脸上也淌着汗水。他喃喃地说："再见了。"他的眼睛湿润了。当他转身要走的时候，陷入沉思的里厄突然站起来，朝他走近了一步："抱歉，刚刚失礼了。"

帕纳鲁伸出手，遗憾地说："可是，我还没有说服你！"

"那有什么关系呢？我恨的是死亡和疾病，这你也知道。不管你愿不愿意，我们都是盟友，共同对抗它们。"里厄仍然握着帕纳鲁的手。

"所以你看！"他忍住没有看神父的眼睛，"上帝现在也不能把我们分开。"

　　这件事过去几天后，帕纳鲁不得不搬出他的房间。由于鼠疫，当局出台了各种隔离政策，许多人不得不改变住所，即使身为神父也同样如此，他住进了一位虔诚的老妇人家里。在搬家的过程中，帕纳鲁感到身心比以往任何时候都疲惫，因此，他没能获得老妇人的好感。搬过去的第一天晚上，老妇人正在兴高采烈地吹嘘圣·奥迪利亚的预言时，帕纳鲁流露出有点儿不耐烦的神情，也许是疲劳所致。他后来用尽办法想让这位善良的女士对他友善点儿，但还是没能获得她的原谅。他给她留下了不好的印象，而且这种印象还在继续加深。因此，每天晚上，当他回到几乎所有家具上都挂着针钩织罩的卧室之前，他都不得不凝视着坐在客厅里的老妇人的背影，同时听到那句冰冷而尖利的"晚安，神父"。有一天晚上睡觉时，他感到有一阵阵热浪正朝他袭来，那汹涌澎湃的热浪把他的手腕和太阳穴烧得生疼。

　　关于后来发生的事，唯一能得到的解释是从老妇人的嘴里说出来的。第二天早晨，她像往常一样起得很早。大约过了一个小时，帕纳鲁还没从房间里出来，她很疑惑，于是试探着去敲他的门。她发现他还躺在床上，好像一夜没睡。他呼吸困难，脸色比平常更红。她礼貌地提出帮他请一位医生来，但她的建议被帕纳鲁拒绝了。之后，帕纳鲁离开了她的房子，去做自己的事。上午晚些的时候，帕纳鲁按铃，问能否见她一面，他需要为自己的无礼向她道歉，并向她保证他所遭受的不是瘟疫，因为他没有任何瘟疫的症状，那只不过是一种暂时的不适。老妇人很有礼貌地回答说，她之所以提出看医生这个建议，并不是出于那种担忧，她并不担心自己的安全，因为她的生命掌握在上帝的手中，她担心的是帕纳鲁。帕纳鲁听完她的话后什么也没说，女主人又一次提出要请医生来为他看病。帕纳鲁叫她不必费心，还进一步做了解释，但在老妇人看来，这些解释可以说是毫无意义的，也是语无伦次的。

她唯一感到不理解的是，这位神父拒绝请医生来看病是因为这违反了他的原则。这种说法在老妇人这儿是行不通的，她合理地怀疑神父可能是因为发烧而神志不清了。她做不了什么，只是给他端来了一杯茶。

她牢记她的责任，每隔两小时便去探望病人一次。在她的印象中，帕纳鲁一直处于坐立不安的状态。他把毯子掀开，然后又把毯子拉回来，还不停地用手摸着满是汗珠的额头。他不时地从床上坐起来，试图清一清嗓子，发出一声刺耳的咳嗽，那声音听起来很像干呕。他似乎在用力地挣扎，试图从肺里挤出一团使他窒息的半固态物质。每做一次徒劳的挣扎之后，他就精疲力竭地倒在枕头上。然后，他又稍稍抬起身子，直挺挺地望着前面，那神情比先前的焦躁更令人不适。虽然很吓人，但他看起来确实不像感染了鼠疫，因此老太太只好随他去。

到了下午，她又试着去跟帕纳鲁说话，帕纳鲁坐起来，用嘶哑的声音断然拒绝看医生，老妇人只好等到第二天早晨再看情况。如果帕纳鲁的病情没有进一步好转，她就拨打兰斯多克情报局每天广播十次的号码。她仍然没有忘记自己的责任，夜里不时地去看望病人，给他提供任何可能需要的照顾。在给他端来一份草药茶后，她决定躺一会儿，结果直到天亮时她才醒来，她急忙跑进帕纳鲁的房间。

帕纳鲁静静地躺着，脸上不再如前一天那样红润，现在呈现出死一般的苍白，但两颊依然丰满。他止抬头凝视着挂在床上的一盏灯。老妇人进来时，他把头转向她。用她的话说，他看上去就像挨了一整夜的鞭打，死气沉沉的。当她问他感觉如何时，他回答说他的情况很糟糕，但他不需要医生过来，他只是希望被送到医院去，然后按照医院的规定办事就行了。他那冰冷的声音使老妇人大为震惊，她惊慌失措，急忙跑去打电话。

里厄来的时候已是中午，帕纳鲁看起来十分平静，里厄对他进行了检查，惊讶地发现除了肺部充血和阻塞外，他身上没有任何腺鼠疫或肺鼠疫的特征性症状。但是他的脉搏很弱，而且已经病得很重，无法再救治了。

"你没有鼠疫的任何特有症状。"里厄告诉他，"但我不能确定，我必须隔离你。"

帕纳鲁奇怪地笑了笑，好像是出于礼貌，但他什么也没说。里厄离开房间打完电话后，又回来望着帕纳鲁。

"我陪着你一起。"里厄温柔地说。

帕纳鲁抬头看里厄的时候，他的眼睛里又恢复了一些光彩。然后，他吃力地张开嘴，很难说他的声音里是否有悲伤。他说："谢谢。但是神父不能有朋友。他们已经把自己的一切都献给了上帝。"

他拿下了挂在床头上方的十字架后，便转过身去盯着它。

在医院里，帕纳鲁一句话也不说，不管什么治疗他都顺从地接受，但他手中一直紧握着十字架。他的病情仍然令人摸不着头脑，里厄无法确定如何诊断。他的体温不断上升，而且咳嗽了整整一天，疾病正在折磨他虚弱的身体。在夜幕降临的时候，帕纳鲁把那块呛得他喘不过气来的东西吐了出来，它是鲜红色的。即使在高烧最严重的时候，帕纳鲁的眼神仍然保持着空洞的平静。

第二天早上，人们发现他死了，他的尸体有一半是垂在床边的，神情十分宁静。他的病历卡与其他人不同，他的名字旁写着："疑似病例。"

那一年的万圣节与往年大不相同。天气很合时宜，有强烈的阳光和温和的秋风。像往年一样，一天到晚都有凉风吹过，大朵大朵的云从地平线一边飞到另一边，云的影子拖在房屋上。等它离开的时候，天空又被独属于11月的淡金色的光占满。

雨衣最近脱销了，人们抢购这东西的原因挺怪的。我们的报纸说，两百年前，在南欧大瘟疫期间，医生们穿油布雨衣以防感染。商家就抓住这个机会大打广告，购买者迫切地希望雨衣能保证他们不受细菌的侵害。

另外，今年万圣节的墓地无人问津。以前的这个时候，街上到处都是菊花的气味，人们可以看到成群的妇女朝埋葬家庭成员的地方走去，还有一些人忙着在坟墓上献花。每年的这一天，他们都想尽一切办法给逝去的亲人作出一些补偿。

在瘟疫之年，人们不再过多回忆那些死去的人，因为平日里他们想得已经够多了，现在已经无法再带着遗憾和惆怅去缅怀逝者了。

正如刻薄的科塔德所说："反正我们天天都在过万圣节。"

火葬场里的火堆燃烧得越来越旺，但实际死亡人数不再增加，鼠疫似乎已经到了它最致命的时候了。它像个敬业的公务员，每天准时上班，然后有规律地造成死亡。

从理论上讲，大多数人都觉得这代表了希望。理查德医生就如此认为，当代表鼠疫死亡率的曲线不再上升并保持不变的时候，这意味着事态好像变得可控了。"看上去，这条曲线也还挺不错的！"理查德说。毕竟曲线已经到达了顶点，说不定没多久它就会开始下滑了。

卡斯特的新血清仍然在研制中，大家用它来给自己打气，但老医生自己认为想要以此来抵抗鼠疫，依然很困难。历史表明，瘟疫总会在最意想不到的时候卷土重来。长期以来，当地政府一直希望鼓舞民众的士气，但到目前为止，还没有什么能拿来鼓舞士气的消息。于是，他们提议召开一个医疗队会议，就这个问题发表声明。但就在会议召开之前，理查德也被鼠疫夺走了生命，当时正值鼠疫曲线的"高水位"。

这一意外的事件虽然令人伤感，但实际上也改变不了什么，其后果不过是让政府突然从盲目的乐观中再次陷入悲观之中。至于卡斯特，他专心致志地准备他的血清研究不被旁事所扰。这一次，除了行政管理和委员会会议需要的行政长官办公室外，没有任何公共场所或建筑物能逃过被改造成医院或隔离区的命运。不过，总的来说，由于目前疫情相对稳定，里厄的医疗团队仍然能够应付这种情况。尽管医生和助手们一直在高压下工作，但尚能承受。他们已经十分熟练了，可以说他们几乎习惯了超负荷工作。鼠疫在不同抗体中不断地传播，它进化成了肺鼠疫，而且已经出现了确诊病例，并在全城蔓延。感染上肺鼠疫的人，会感觉自己的肺部在燃烧，肺仿佛变成了鼠疫的啦啦队，在为它加油助威。肺鼠疫的患者在咳出带血的痰后，死亡的速度会迅速加快。这种新型的流行病看起来更具有传染性，也更致命。不过，在这个问题上，专家们的意见一直有分歧。为了更安全些，所有卫生员都需要戴着消过毒的薄纱口罩。也许是因为防护得当，尽管传播渠道增加，病情的表现形式也有所变化，但是，鼠疫的感染病例呈下降趋势，死亡率却总体保持不变。

与此同时，还有另一件事让当局焦虑，那就是政府难以维持粮食供应。奸商们的帮忙是有代价的，想从他们那里买到断货的食物要付出相当高的价格。其结果是，贫穷的家庭饥寒交迫，而富人几乎什么都不缺。按理来说，鼠疫本应该以其不放过任何人的感染方式让民众感到平等，但现在它利用人们贪婪的心理，加剧了这场灾难带来的不公平。当然，死亡确实是平等的，但没有人想要那种平等。

手头拮据的人们更加怀念附近的城镇和村庄，那里的面包很便宜，生活也不受限制。他们产生了一种自然而然却又不合逻辑的想法：他们应该被允许搬到这些更幸福的地方去。于是，大街上的口号和墙上的粉笔画变成了："给我面包，或者放我走！"这种略带讽刺的示威行为尽管很容易被压制，却让每个人都意识到我们中间正在形成一股对抗的力量。

不用说，报纸遵守了当地政府给它们的指示：不惜一切代价保持乐观。有人相信从报纸里读到的："我们的人民是勇敢和沉着的典范。"但是，这个城镇根本无法保守秘密，因此没人会对报社给出的"典范"抱有幻想。想要对记者所说的勇敢和沉着有一个正确的认识，你只需要去政府设立的任何一个隔离仓库或隔离区域拜访就可以。叙述者在别的地方忙得不可开交，没有机会去拜访，但塔鲁却描述了他在兰伯特陪同下走访市政体育场隔离区的情况。

体育场坐落在城市的郊区，它的一边是街道，一边是荒地，荒地一直延伸到奥兰城所在山坡的最边缘。体育场如今已经被混凝土墙包围了，想逃跑是不可能的，四个入口的大门前还设置了岗哨。这高墙还有另一个作用：把不幸的人隔离起来，不让路上的人看到。

与此同时，墙内的人虽然看不见过往的有轨电车，但整天都能听到它们的声音，他们还能从街上不断增加的音量，听出人们下班或去上班的时间。这使他们明白，将他们困在这里的人们正在他们几米远的地方正常生活着。

高墙把两个世界分开了，墙内和墙外的人就像在两个不同的星球一样。

塔鲁和兰伯特选择了周日下午参观体育场，陪同他们的是足球运动员冈萨雷斯。兰伯特一直与他保持联系，并说服他成为体育场营地的看管人员。那天下午他们见面时，冈萨雷斯的第一句话是，在瘟疫暴发时，他刚刚成为职业运动员。现在运动场被征用了，一切都已成为过去，他没什么事情可做了。这也是他接受兰伯特的提议，接下这份工作的原因，但他提出了一个条件，那就是他只在周末值班。

天阴沉沉的，冈萨雷斯抬头一看，遗憾地说，这样的一天，既不太热，又没有下雨，本来是很适合足球比赛的。

然后，他开始尽其所能地回想着曾经熟悉的休息室里药膏的气味、挤满了人的看台、在黄褐色泥土映衬下熠熠生辉的彩色球衣、中场休息时的柠檬汁，干裂的喉咙喝下冰水时就像有无数根冰针刺激的感觉。

塔鲁还记录了他们走在破旧的外围街道上时，这位足球运动员是如何踢开那些松散的小石块的。他的目的是把它们射进下水道里，每当他这样做的时候，就大喊："进球！"他刚抽完烟，就把烟头扔在面前，想在烟头碰到地上之前用脚把烟头接住。一些孩子在体育场附近玩耍，当其中一个孩子把球传给他们时，冈萨雷斯赶紧把球利落地踢了回去。

他们一进入体育场就发现看台上都是人。场地上散布着几百个红色帐篷，可以瞥见里面的被褥、一捆捆的衣服和地毯。看台一直敞开着，这是这个隔离区的规矩，为的是能让人们在下雨或者太热的时候能有个躲避的地方。但每到日落时，人们就必须回到自己的帐篷中。

看台下面安装了淋浴间，昔日的球员更衣室也被改造成了办公室和医务室，隔离区里的大多数人都坐在看台上。不过，还有些人在边线上散步，有些人蹲在帐篷门口无精打采地看着周围的景色。看台上还有许多瘫坐在木梯上的人，他们的眼中都带着一种茫然的期待。

"他们整天都做些什么？"塔鲁问道。

"没什么。"

的确，大多数人都懒洋洋地晃来晃去。诡异的是，这么多人聚集在一起，却没有发出一点儿声音。

"他们刚来的时候，都大着嗓门说话，有时吵得连自己说话的声音都听不见。"兰伯特说，"但随着时间的流逝，他们变得越来越安静。"

在笔记中，塔鲁给出了他认为可以解释这种变化的原因。他想象着他们早前被关在帐篷里，听着苍蝇的嗡嗡声，自己无聊地挠着痒痒，每当他们找到一个乐于倾听的人，就尖声地表达他们的恐惧或愤慨。但是当隔离区变得过于拥挤时，越来越少的人愿意扮演听众的角色。所以他们别无选择，只能保持沉默，并对一切人和事保持怀疑。

的确，人们的怀疑就像雨水一样，从灰蒙蒙的空中渐渐落到了砖红色的地上。

塔鲁看到的每一个人都有着茫然的眼神，他们的脸上充满了与美好生活彻底决裂后的痛苦。既然不可能一直想着自己什么时候会死，他们索性就什么也不想了，假装自己是在度假。

"但最糟糕的是，"塔鲁写道，"他们被遗忘了，且他们自己也知道这一点。"他们的朋友将他们忘记了，因为在这样的混乱中，人们总是有各种各样的事情需要想。他们的爱人也将他们忘记了，因为要将所有的精力和时间都用于制订计划，想方设法地将他们从营地里弄出去。那些人整天想着如何才能让他们逃出营地，反而将他们本人忘记了。最终，大家不得不承认一个事实：在灾难面前，没有人会时时刻刻地惦念着另一个人。全身心为别人着想的人，他的思想不会被乱飞的苍蝇带走，也不会被任何家务转移，更不会因身上某个地方痒而忘记了思念。但是你我都知道，生活总是会出现意想不到的灾难，这就是生活如此艰难的原因。

隔离区的负责人走上前来说，有一位名叫奥森的先生想见见他们。负责人把冈萨雷斯留在办公室里，领着其他人来到大看台的某个角落。奥森先生独自坐在那里，他们走近时，他站了起来。

这位法官的穿着和过去一模一样，仍然戴着硬领，但他头发凌乱，鞋带开了也没有去系。奥森法官显得很疲倦，甚至没有正眼看他们，只是低声说，很高兴见到他们，并请他们感谢里厄医生所做的一切。

一阵沉默之后，法官又勉强地说："希望雅克没有太痛苦。"

这是塔鲁第一次听到他叫他儿子的名字，夕阳西下，阳光在云层的缝隙中倾泻而出，掠过看台，那明亮的光芒刺痛了他们的脸。

"他不痛苦。"塔鲁最后还是决定这样说。

当他们告辞的时候，奥森法官仍然注视着远处阳光照进来的地方，他还是那副恍惚的神情。一行人回到办公室向冈萨雷斯道别，他们发现他正在研究值班表，这位足球运动员在和他们握手时笑了起来："不管怎么说，我又回到那个漂亮的休息室了。"他咯咯地笑着说，"这算是好事吗？"

塔鲁和兰伯特离开时，听到了看台上传来的噼啪声。过了一会儿，扩音器——它曾经是用来宣布比赛结果或介绍球队的，此刻，它正在通知营地里的人回帐篷吃晚饭。大家慢慢地排成一行离开看台，拖着脚向帐篷走去。两辆小型电动卡车，就是那种在铁路站台上运送行李的卡车，开始在帐篷间穿行。车上的人伸出胳膊，用勺子为帐篷里的人分配食物。

"非常有效率。"塔鲁评论道。

负责人微笑着说："我们非常看重效率。"

夜晚来临，天上的云逐渐散开了，营地沐浴在凉爽柔和的月色中。在一片寂静中，只隐约听到几声勺子和盘子碰撞的轻微的叮当声。蝙蝠在帐篷上空盘旋，然后突然消失在黑暗中。外面，有一辆有轨电车驶过，车轮摩擦着铁轨，发出刺耳的声音。

镇上的其他隔离区也差不多是这样，但由于叙述者缺乏第一手资料，因此缺乏真实性，所以没有什么可补充的。他能叙述的只有这么多：这些隔离区的存在，从那里散发出拥挤的人的气味，黄昏时扩音器里传来的声音，笼罩在营地周围的紧张气氛，以及这些禁地所激起的对鼠疫的恐惧，都严重影响了居民的心理，增加了他们心中的害怕和忧虑，小规模骚乱变得更加频繁。

11 月快结束的时候，早晨变得更冷了。倾盆大雨冲刷着街道，把天空洗得干干净净。早晨，微弱的阳光没有起到升温的作用，反而使整个城市变得冰冷而明亮。黄昏的时候，温度反而升高了一点儿。塔鲁选择了这样一个傍晚来向里厄讲述他自己的一些事情。

累了一天之后，大约十点钟时，塔鲁向里厄建议晚上一起去看看那位西班牙哮喘病老人。在十字路口，一阵微风吹拂着他们的脸。他们在寂静的街道上走着，遇到了这位唠叨不休的病人。

老人不停地抱怨，凭什么富人有果酱吃，而且是一直有果酱吃，而他就没有呢？里厄给他看病的时候，他一直在不停地阐述这个问题。

他这样絮叨的时候，头顶传来了脚步声。哮喘病人的夫人注意到塔鲁抬头看了一眼，便解释说，是楼上的姑娘们在阳台上散步。她还说，楼上有一处风景很美，而且由于这一地区的平台经常与旁边的平台相连，妇女们不用走到街上就可以去拜访邻居。

"为什么不上去看看呢？"老人建议道，"你会呼吸到新鲜的空气。"

他们上去后，发现阳台上已经没有人了，只有三把空椅子。视线所及的一边是一排平台，其中最远处的平台紧靠着一大片黑压压的山头，他们认出那是离镇子最近的小山。他们的目光越过几条街道和在黑暗中隐身的港口，落在地平线上，海与天在那里汇合，呈现出暗淡的灰色。在那片他们能看到的悬崖后面，突然有一道亮光冒了出来，还很有规律地闪烁着，但他们看不见亮光的来源。航道入口处的灯塔仍在运转，供船只通过奥兰城闲置的港口，驶向海岸上的其他城市。在被晚风吹得晶莹剔透的天空中，星星像银白色的钻石一样闪耀着，远处的灯塔闪烁着黄色的光芒，微风中飘荡着香料和石头的气味。一切都很安静。

"好地方！"里厄边说边坐到椅子上，"在这里，会给人一种鼠疫从来没有出现过的错觉。"

塔鲁望着大海，背对着里厄。"是的。"他沉默了一会儿后回答，"这里真好！"

然后，他在里厄身边的椅子上坐了下来，两眼仍望着大海。他十分疲惫，突然有一股讲讲自己故事的冲动，尽管他们只能在此休息一小时。

"简单点儿说，早在我来到这个城镇并在这里遇到鼠疫之前，我就已经得过鼠疫了，不过那是精神上的鼠疫。年轻时，我聪明好学，又有女人缘，家庭条件不错，我的父亲是一个和蔼可亲的检察官，我的母亲是一个朴素保守的女人，我一直非常爱她，但我现在不想谈她。我的父亲总是对我很好，可他不是模范丈夫，我知道这件事情时，并不感到震惊。即使在他对母亲不忠的时候，他也十分谨慎地照顾着家庭，从来没有闹出过丑闻。简而言之，他不是什么圣人，但跟一般人相比，他还算是一个正派人。他温和而稳重，爱好是读《火车旅行指南》，但他却不常出远门，他唯一的旅行就是去布列塔尼，他在那里有一座小乡村别墅，我们每年夏天都会去那里。他是一张行走的时间表，他可以告诉你巴黎到柏林的快车出发和到达的确切时间，从里昂到华沙应该坐什么车、几点到，你能想到的任何两个首都之间的精确距离，他都知道。他的这个爱好很有趣，我经常会问他一些复杂的旅行问题，然后根据铁路指南核对他的答案。我父亲和我相处得很好，这在很大程度上要归功于我们晚上玩的这些铁路游戏。

"我十七岁时，父亲请我去听他在法庭上的发言。他可能希望我能看看他大展风采的一面，并以此鼓励我从事他的职业，我看得出来，他很想让我去。一想到能看到父亲与在家时截然不同的一面，我就很感兴趣。这绝对是我参加审判的唯一理由。在我看来，法庭上会发生的事情，就像 7 月 14 日的阅兵式或学校演讲日一样，都是很自然的事情。我对这个问题的看法纯粹是想当然的，从来没有认真思考过。

"那天被审判的犯人我至今还记得是什么模样，我百分百相信他有罪。那个三十岁左右、浅褐色头发的小个子男人，似乎是那么渴望忏悔一切，他对自己所做的事和法庭将要对自己所做的事感到十分恐惧，以至于几分钟后，我的视线就完全被他吸引了。他看起来像一只被强光吓瞎了的黄色猫头鹰。他的领带有点儿歪，不停地咬右手的指甲。

"我不必再说下去了，是吗？你知道，他是一个活生生的人。父亲穿上红色法袍，变成了另一个人，他请求判处这个人死刑，尽管执行者不是他。他甚至还要去刑场亲眼看那人死，这太可怕了！他经常要早起，定闹钟早起，为什么呢？因为他清晨去刑场监督行刑是不能迟到的。

"从那次之后我再也无法在那个家里居住了。也许你在等我告诉你'我马上就离开了那个家'。没有，我在家待了好多个月，将近一年。一天晚上，父亲又定上了闹钟，因为他必须早起。那天晚上，我彻夜未眠。第二天，当他回家时，我已经走了。

"长话短说，我离开后，他派人找过我，让我回去见他。我去了，并简单解释了我离开的理由。最后我平静地告诉他，如果他一定要逼我回去继续从事他的职业，那我就自杀。最后，他让我想怎样就怎样。我说过，他本质上是个和蔼可亲的人，但他教训了我，说我想过自己的生活是愚蠢的想法。这是他对我坚持己见的评价，但我并没有认可他的观点，他还给了我许多忠告。我看得出来，他确实受伤了，但他竭尽全力忍住了眼泪。在那之后的很长一段时间里，我养成了定期去看望母亲的习惯，当然每次都能见到他。我想，这些不频繁的会面或许会使父亲心里好过一点儿。就我个人而言，我对他一点儿也不反感，只是心里实在接受不了他的工作。他死后，我让母亲来和我住在一起，如果她还活着，她现在应该还和我住在一起。

"我不得不细讲我刚进入社会的情况，因为对我来说，这真的是一切的开始。我现在要讲得快一点儿。我十八岁时开始与贫困作斗争，在那之前我一直过着安逸的生活。我试过各种各样的工作，都做得不错，最终我搞了人家所说的政论，但我真正感兴趣的是死刑问题。我认为社会秩序是建立在死刑判决的基础上的，与社会作斗争，就相当于是在与死刑作斗争。这是我的观点，别人也这样跟我说过，我认为这个观点基本是对的。在欧洲，凡是需要斗争的组织，我都参与过，这就不多说了。

"对一些人执行死刑我是理解的，我们要想建立一个新的世界，死刑是不可避免的，他们的死能阻止更多人的死，这不错，但我仍然无法完全认可这种观念。有一天，我参加了一场死刑，那是在匈牙利，我的感觉和我年轻时经历过的那种茫然的恐怖完全一样，一切仿佛都在我眼前摇晃。

"你见过一个人被一队火枪手打死吗？观众都是精心挑选的，就像私人派对，你需要得到邀请才能参加。一个哨所，一个被蒙住眼睛的犯人，还有不远处的一些士兵，不都是这样吗？可你知道火枪队离那被定罪的人只有一米半的距离吗？你知道如果死刑犯向前走两步，他的胸部就会碰到枪口吗？你知道吗，在这么短的距离内，士兵们把火力集中在心脏部位，那些子弹会将身体打出一个洞来，你甚至可以把拳头伸进去。不，这些你都不知道，这些都是书上从来没有说过的事情。对于鼠疫患者来说，让他们睡一个好觉比让他们活着更重要。晚上一定要让他们睡个好觉，不是吗？但我，从那以后就再也睡不好觉了。我嘴里还残留着那股恶心的血腥味儿，那些细节会一直浮现在我的脑海中。

"因此，我开始明白，这么多年里，我一直饱受'鼠疫'之苦，我一直坚信自己在与之抗争。我知道我间接地参与了成千上万人的死亡，被鼠疫杀死或者被人杀死没任何不同，那都是杀戮。我被这种想法折磨了很久，直到现在，我终于可以和你们在一起，奋斗在保护人民的战线上。我是一个自我放逐者，我对这个世界没什么价值，但我不愿向灾难屈服，仅此而已。"

里厄思考了很久，问道："那么让你获得安宁的方法是什么？"

"我重新获得了同情的能力。"

前方的夜色中突然传来火光和爆炸声，在一阵狂风中，他们清楚地听到了几声刺耳的喊叫和一声枪响，紧接着是愤怒的人群发出的吼声。塔鲁站起来听了听，但是什么也听不见了。

"我想大门口又发生了小冲突。"塔鲁说。

"好了，现在都结束了。"里厄说。

塔鲁低声说，事情还没有结束，而且还会有更多的受害者。

"也许吧！"里厄回答，"但是，你知道，我觉得同圣人比起来，或许失败者更能让我感同身受。我想，英雄主义和圣人的名声对我并没有什么吸引力。我只对做一个顶天立地的男人感兴趣。"

"是的，我们追求的是同一件事，但我没有那么雄心勃勃。"

这话不太像是从塔鲁嘴里说出来的，里厄一开始以为塔鲁只是说说而已，但当他转头看向塔鲁时，察觉到塔鲁面容上凝重与哀戚的神色，在朦胧的月光下，显得异常悲伤。此刻，一阵柔和的夜风悄然而至，为里厄带来了丝丝暖意。塔鲁随即振奋精神，问道："鉴于我们之间的友情，当前我们应当采取何种行动？"

里厄淡然回复："随你所愿行事。"

"不如我们来个海水浴吧，就算是圣人，也不会觉得这是无趣的事情，他甚至会很享受呢！"

里厄不禁笑了起来。

"我们持有通行凭证，可以直达防波堤。鼠疫横行，每个地方都变得危险可怕，如果我们的生活只能局限在这方寸之地，那真是太糟糕了！固然，我们需为受害者竭力斗争，但如果生活只有抗争，而缺少情致，那这斗争岂不是太没意思了！"

里厄沉思片刻，随即表示赞同："有道理，那我们现在就出发吧！"

不一会儿，他们的车就在港口停了下来。月亮已经升得很高了，一抹抹乳白色的光晕将人的影子拉得长长的。在里厄和塔鲁的身后，是一排排依山而建的房子，依稀间，可以感受到从那里飘来带有恶臭的、独属于鼠疫的风，那风正急匆匆地催着他们往海边走。他们向警卫出示了通行证，警卫打量了他们很久才放行。他们穿过散落着木桶的空地，朝码头走去。这里的空气中弥漫着发酵的酒味和霉变的臭鱼味，当闻到碘酒和海草的气味时，就表明离大海不远了，他们能清楚地听到海浪拍打巨石的声音。

他们爬到了码头最高的那块石头上，阵阵海风吹来，海面泛起了层层波浪，这时的海面，既像是被堆叠在一起的厚厚的天鹅绒，又像是柔软光滑的野兽毛皮。他们在一块石头上面朝大海坐了下来，海水缓缓地涨起来又退回去，仿佛在有规律地呼吸一样。月光下，还能看见海面上出现的波光。他们面前，是无限的黑暗和广阔无垠的海面。里厄将手轻轻地撑在岩石上，他能感觉到他的手底下有一张粗糙的、饱经风霜的面孔，这种岩石特有的触感让他感觉到一种前所未有的幸福。他转头看了看塔鲁，发现塔鲁的脸上也洋溢着幸福的神情。

他们脱下衣服，里厄先跳进了水里。身体刚碰到海面时，一阵寒意袭了上来，待他潜下去再浮上水面时，便感觉温暖了许多。这种温暖，来自夏天积攒的热量。里厄肆意地往前游去，他的脚轻轻地拍打着水面，留下了一朵朵浪花，水顺着他的胳膊流动着，最后止步于他的足跟。扑通一声，塔鲁也跳进了水里。里厄仰面躺着，悠闲地看着天空中的星星和月亮，他深深地吸了一口气。接着，他听到了一阵拍水的声音，在这寂静的夜晚，这拍水声显得异常清晰。塔鲁游到了他附近，他现在甚至能听到塔鲁的呼吸声。

里厄转身和他的朋友开始比赛游泳，塔鲁真的很强壮，他必须加快速度才能跟上他。他们以同样的激情、同样的节奏，肩并肩地游了几分钟，仿佛摆脱了尘世，摆脱了瘟疫。

圣诞节时，格兰德开始发高烧，这个小职员写下了不少给妻子的话，他认为自己已经时日不多了，他想将思念尽量传递给他的妻子，但那些稿子最终都没有寄出去。

"烧了它们吧！"

这个羞涩的职员对里厄喊道，塔鲁沉默地站在窗前，里厄将手稿都扔进壁炉里之后，为格兰德注射了一管血清，这其实没什么用，他们只能尽人事听天命。里厄的内心被这个可靠的朋友即将离世的悲伤占满了。

到了第二天清晨，他来到格兰德的病房，却惊讶地看到格兰德正在和塔鲁聊天。他看起来十分虚弱，但已经退烧了。

"唉！"格兰德可怜巴巴地说，"我那些手稿真的被你烧了吗？"

等到了中午，格兰德的病情没有复发的迹象，到了晚上，他就完全脱离危险了。这个小职员获得了重新写一份手稿的充足的时间，而里厄医生尚不明白是什么导致了他身体状况的好转。

到了第二天，又有一位女孩因为严重的肺鼠疫进了医院，她也在注射血清后昏迷了一段时间，醒来后便退烧了。那一周有四个病人在这样的情况下活了下来。到了周末，老哮喘病人突然和里厄医生说："老鼠又出现了！"

是的，活蹦乱跳的老鼠又出现了！此外从当局发布的数据中可以看出，人们感染的鼠疫速度正在减缓。

第五部分

　　虽然鼠疫减缓是突如其来的好消息，但人们却没有急于庆祝。他们经历了几个月的可怕日子，这使他们变得更加谨慎，不再幻想疫情会迅速结束。不过，这一新的现象也成了镇上居民的谈资，并成了人们最关心的话题。尽管每天还有很多死于鼠疫的患者，但与形势正在好转这个令人震惊的事实相比，死亡数字变得微不足道，毕竟每周的受害者总数都在下降。人们虽然没有将期望快点儿恢复到从前的心思放在明处，但有种种迹象表明，我们的同胞正在暗暗期待着：他们故意做出不在意的样子，却以一种谨慎却愉悦的口吻，谈论着关于鼠疫结束后的新生活。

　　大多数人都持有这样一个观点，过去的舒适生活不可能立刻恢复，破坏永远比重建更迅速。但人们也认为，食品供应的情况稍有改善就可以安心地等待鼠疫结束了，毕竟填饱肚子是每个家庭目前最迫切的需求。

实际上，在这些云淡风轻的愿望背后，都潜藏着不够理性的希望。我们当中的某个人一旦意识到这一点，就会急忙补充说，即使从最乐观的角度来看，你也不能指望瘟疫马上就消失。

　　确实，鼠疫并没有马上消失，但它的消退速度比我们预期的要快。1月的第一个星期，天气变得异常寒冷，城镇的上空似乎被冻了起来，天空从来没有这么蓝过。冰冷的天空显得全城无比明亮，在冰天雪地中，鼠疫病毒似乎失去了它的传染性，政府连续三周宣布死亡人数大幅下降。因此，在一个相对短暂的时期内，这种可怕的传染病几乎失去了此前许多个月积累起来的所有威力。对鼠疫而言，格兰德和那位注射血清后清醒的女孩就是它在传播路上遇到的阻碍。它在某些地区活动两三天，同时又在另一些地区完全消失；它在星期一增加了几个死亡人数，星期三又放过了所有人，它不再像之前那样冷酷无情。这段时间，卡斯特的抗鼠疫注射获得了频繁的成功，医生们采用的治疗方法，现在看来几乎都是有效的。瘟疫似乎被逼得走投无路了，当然偶尔它也会盲目地、凶狠地扑向三四个本来有望康复的病人，他们真是最倒霉的人，好不容易坚持到现在，却在最有希望治愈的时候死去了。从隔离区中撤出来的奥森法官就是其中之一。

　　塔鲁说他运气不佳，但很难说他指的是奥森法官的生命还是生活。总的来说，鼠疫在全线退却，官方公报起初只给人以朦胧的、若有似无的希望，但现在数据证实了人们的普遍猜测，即抗击鼠疫的行动胜利在望，敌人放弃了阵地。然而，这能否被称为一场胜利的战斗，大家都不敢妄下定论。鼠疫的离去似乎和它的到来一样难以解释，我们

的战略没有改变，但那些战略昨天还遭遇了失败，今天却忽然获得了胜利。不过，既然人们都觉得瘟疫总是在达到目的后消失，那也许它已经达到了它的目的。

这座城市似乎没有什么变化，白天一如既往的寂静，而夜幕降临时，街道上挤满了人，只是他们现在都穿上了大衣、围上了围巾，咖啡馆和电影院的生意和以前一样好。仔细观察，你可能会注意到，人们看起来不那么紧张了，偶尔也会微笑——自鼠疫暴发以来，还没有人在公共场合微笑过。这几个月以来，小镇一直被不透光的裹尸布闷得透不过气来。现在不一样了，每逢星期一，当人们打开收音机时，就知道裹尸布上的这条裂缝正在扩大，大家很快就能自由呼吸了。虽然这也不算什么鼓舞人心的消息，但是从另一方面来讲，如果有人在一个月前被告知，有一列火车刚刚离开，或者有一艘船刚刚被放了进来，再或者汽车又可以上路了，人们根本就不会信。然而，在1月中旬，这样的消息便不会让人感到意外了。毫无疑问，人们的生活和鼠疫暴发前相比并没有发生太大的变化。然而，无论希望是多么微不足道，它都证明了我们的市民在迎来新生活的道路上迈出了巨大的一大步。

甚至可以说，一旦最微弱的希望成为现实，就标志鼠疫对人们的统治结束了。

我们的同胞在那一个月里的反应很奇妙，他们的心情在高度乐观和极度抑郁之间波动。奇怪的是，就在统计数据最令人惊喜的时刻，又发生了几次企图逃出城去的事件。这使政府很吃惊，显然也使哨兵很意外，大多数"逃犯"都逃掉了。但是仔细一想，在这个时候企图逃跑的人是出于可以理解的动机。一些人被鼠疫打败了，变成了彻底的怀疑主义者，他们已经对任何形式的希望都不愿相信了。还有一些人，主要是那些一直被迫与所爱之人分离的人，在经历了这几个月的沮丧和消沉之后，黎明前的黑暗使他们心急如焚，把他们的自制力烧得一干二净。一想到他们可能会在离终点如此近的地方死去，再也见不到他们所爱的人，且长期的困守没有任何回报时，他们便陷入了无穷的恐慌之中。

与此同时，社会上也出现了乐观情绪日益增强的各种表现，如房价急剧下跌。从纯粹的经济学观点来看，这种下降是无法解释的。我们的困难和以前一样多，城门一直严格地关闭着，粮食供给状况也没有得到很好地改善。因此，这纯粹是一种心理现象，似乎鼠疫的消退必然会在所有领域产生影响。其他被乐观主义影响的是那些过去生活在一起、如今被迫分开生活的人。两个修道院重新开放，社区生活也恢复了。军队也重新集结在空无一人的兵营里，他们回到了过去的驻军生活。这些细节虽小，但意义重大。

1月25日，疫情有了很大程度的缓和。从那时起，每周总感染人数急剧下降，在咨询了医学委员会后，政府宣布，可以认为疫情已得到了控制。公报上还说，省长以人民肯定同意的前提审慎行事，决定将城门再关两个星期，预防措施再实行一个月。在此期间，只要有任何危险迹象，都将严格执行现行命令，并在必要时延长执行期限。

要明白，所有的人都认为这些话只是官方的空话，1月25日晚上，奥兰迎来了阔别已久的欢庆活动。为了使群众全方位地感受欢乐的氛围，省长下令像过去一样恢复路灯的照明。镇上的人欢声笑语，成群结队地在灯火通明的街道上游行。

当然，有些房子的百叶窗还是关着的，里面的人静静地听着外面的欢呼声。欢呼声驱走了房屋中的悲伤之气，那些正在哀悼的人们，也得到了深深的宽慰。他们不用再担心家庭成员会被鼠疫带走，也不用恐惧鼠疫有一天会找上自己。在大家的欢声笑语中，有些家庭仍然在静静地等待，他们家里还有人在医院里，或者在隔离区里，又或者在家中的某个房间进行自我隔离。他们都在等待，等待着鼠疫能从他们的家庭中彻底离去，等待着快点儿过上其他家庭那样的生活。这些家庭还抱有希望，但他们把希望藏了起来，尽量不让自己在希望变成现实前去思考它。这些默默等待、被放逐、处于喜悦与悲伤之间的人们，在这种欢乐的氛围中，似乎更加悲惨。

但大多数人仍然是欢欣鼓舞的。虽然鼠疫还没有真正结束，但在他们的想象中，他们已经能听见火车呼啸而过、能看见轮船穿过波光粼粼的海面驶出港口的画面了。也许第二天，这些幻想就会消失，危机又会回来。但此时全城的人都在行动着，他们离开了黑暗凄凉的地方，离开了将自己牢牢困住的地方，像一船幸存者一样，终于向希望之地进发了。

那天晚上，里厄、塔鲁、兰伯特以及其他同事，都参与到了游行的队伍中，他们的脚步很轻快，甚至产生了一种无法脚踏实地的感觉。当他们离开中央街道，往空旷的小路上走去时，他们经过了那些紧闭着百叶窗的房屋。或许是因为太疲劳，他们也无法分清这百叶窗之后的悲伤和中央街道上的欢乐了。即将解放了，可是解放前有欢笑，也有眼泪。

欢呼声越来越大，塔鲁突然停了下来。一个小小的身影在车道上蹦蹦跳跳。那是一只猫，是他们从春天以来见到的第一只猫。它在路中间停了下来，犹豫了一下，舔了舔一只爪子，然后飞快地走过，消失在黑暗中。

塔鲁暗自一笑，他想阳台上的那个小老头儿看到猫咪的话一定很高兴。

但是，就在鼠疫准备偷偷溜回它那隐蔽的老窝中时，如果塔鲁的笔记可信的话，城里至少有一个人对这个局面感到惊恐不安：那个人就是科塔德。

事实上，自从数据记录量开始缩减，塔鲁的笔记便呈现出一种不同寻常的特征。可能是源于身心的疲惫，其笔迹日渐模糊，记录的内容也变得杂乱无章。更为引人注目的是，这些记录第一次表现出了明显的主观情绪，从塔鲁的文字中，可以看出他的一些个人偏见。在详述科塔德状况的同时，他插入了那位爱猫老者的叙述。不论是在瘟疫暴发前还是流行期间，塔鲁均表达了对这位老先生深切的敬意与关怀，然而遗憾的是，他无法继续关注老人的近况，这并非由于他缺乏同情心——他曾努力地四处寻觅老人的踪迹。连续数日，塔鲁都在那狭窄街巷的转角守候，猫咪们如常聚集，在阳光下享受着温暖。然而，到了老人惯常现身的时间，那扇窗却依然紧闭，似乎永久地锁上了，基于此，塔鲁得出了一个耐人寻味的结论：或许那位身形矮小的老人因愤怒而选择了逃避，也可能已经悄然离世了。假设是前者，他的愤怒可能源自坚信自身正义，认为鼠疫让他遭受了不公的对待；若是后者，则不禁让人思索，他是否如同那位饱受哮喘折磨的老者一般，拥有圣徒般的灵魂。尽管塔鲁并不视他为圣人，但他相信老人的故事能给予人们某种"启迪"。

塔鲁的记载中穿插着诸多评述，这些评述常与他对科塔德的看法相互交织，略显零散。他提及格兰德已康复并重返工作，状态轻松，同时也提到了里厄的母亲。因暂居里厄家中，塔鲁有幸与里厄母亲相处，他翔实地记录了他们的对话、里厄母亲的举止、她的微笑，以及她对鼠疫的独特见解。特别强调的是里厄母亲待人十分谦卑，言谈也十分质朴，她还特别钟爱家里的一扇窗户，这扇窗外面是安静的街道。黄昏时分，她喜欢端坐窗前，脊背微挺，双手放在膝盖上，专注地看着外面，直至夜色渐深，将她的轮廓从淡灰的光影中融入周遭的暗夜。此外，他还描绘了她在室内行走时轻巧的步伐，那份虽未直接展现却能从其言行中感知的善良，以及一个深刻印象——她似乎能直接洞察到万物本质，包括鼠疫在内。她的为人是那么谦卑，并不是一个会夸夸其谈的人。此处，塔鲁的笔迹渐显潦草，随后的文字也越发模糊。末尾数行，塔鲁首次流露出私人情感，字迹同样歪歪扭扭，或许他在写这些内容的时候，已经没办法好好拿着自己的笔了：

忆起八年前的母亲，同样谦卑的内心令我深切怀念，她是我长久渴望重逢之人。我不愿说她已经离世，她只是回到了那些隐蔽、不易让人察觉到的地方去了，当我回首寻觅，她的身影已不在我的视野之中。

现在，我们来说说科塔德。

在鼠疫期间，他十分享受城里的气氛，他可以走私各种商品，且通过走私商品得到了奢侈的生活和很多友谊。但鼠疫减弱后，他又变成了那个藏在阴影里的人。他去询问里厄，鼠疫是否可能卷土重来，当里厄认为有这种可能的时候，他感到了极大的欣慰。科塔德不想回到原先那个被各种秩序困住的世界里去，那是其他人都迫切期待，而他却惶惶不可终日的世界。

在1月25日之前，他的情绪起伏颇引人注目。通过不断的努力，他终于用行动改变了邻里们对他的一些看法，并逐步改善了彼此的关系；然而，随后的数日里，他却频繁与他们发生争执。种种迹象表明，他正缓缓淡出社交圈，并倾向于一种隐藏式的生活方式。他不但不再涉足餐厅、剧场以及他昔日情有独钟的咖啡厅，而且他也没有恢复到瘟疫前那种简朴而低调的生活状态。相反，他将自己完全封闭在个人的寓所内，依靠附近餐馆的送餐服务度日。唯有夜幕低垂时，他才会悄悄地外出采购必需品，迅速地消失在幽静的小巷中。那段时间，塔鲁虽有几次偶遇他，但他的回应仅限于寥寥数个简短的音节。没过多长时间，人们诧异地感觉到他又突然间重燃起了对社交的热情，这种转变甚至连一个过渡的时间都没有。他滔滔不绝地讨论着鼠疫，热忱地向周遭每一个人征询看法，每天晚上都置身于熙来攘往的人潮中，并乐此不疲。

在官方声明公之于众的当日，科塔德却在摩肩接踵的人潮中消失了。两天后，塔鲁便在街头遇到了他，他正在街上无所事事地四处游荡。科塔德恳求塔鲁陪他去一趟郊区，尽管连日工作令塔鲁身心俱疲，但科塔德的坚持还是让他同意了这个请求。这时，科塔德呈现一种不同寻常的焦虑，他言辞急促，音量拔高，手势也显得很慌乱。他向塔鲁探寻，官方的告示是否真的能成为鼠疫终结的信号。塔鲁没有给他确定的答案，他认为公告的力量有限，但民众都以此公告期待疫情的终结，除非又发生一些小概率事件。

"确实！"科塔德附和，"意外总在意料之外。"

塔鲁跟他说，省府表明两周后解封城门，既然已经做出了这种预告，那便说明那些潜在的变数已被纳入考量。

"政府此举可圈可点。"科塔德评价道，语气中难掩忧虑，"毕竟，政策常常朝令夕改。"

塔鲁没有否认科塔德的话，但他还是更倾向于城门会重启，生活回归常态这种观点。

"即便如此！"科塔德又追问，"那生活回归常态又意味着什么呢？"

"意味着银幕会再放映新片。"塔鲁笑着说。

科塔德却笑不出来，他继续追问，是否可以断定鼠疫未在城市留下任何痕迹，一切将原样重启。塔鲁的见解则更为微妙：鼠疫既是改变的催化剂，也是不变的见证者。一方面人们内心深处渴望一切如初，就此而言，似乎不会发生什么变化；但另一方面，没有人能彻底遗忘这次鼠疫，无论意愿多强，心灵上受过的伤是不可磨灭的。科塔德则表示，他对心灵之伤没有什么兴趣，甚至认为这是最后才需要考虑的问题。他关注的是机构运作是否会出现调整，比如办公部门能否恢复到以前的办公模式。对此，塔鲁坦诚地说，他也不知道，但他推测，疫情期间受阻的部门想要重启也许并没有那么容易，而且预期中的那些挑战可能会促使既有体系不得不做出调整。

"原来如此！"科塔德恍然大悟说，"这极有可能，毕竟，每个人都需重新启程。"

不知不觉间，他们走近了科塔德的寓所。科塔德的情绪起伏得很大，先前他还有些开心，但到最后可以看出，他是在勉强自己，让自己更乐观一些。他觉得，这座城市已经涅槃重生，过往的种种皆要为新生让路，不会再出现了。

塔鲁说："的确，你的生活或许也将迎来转机，新生活的篇章即将开启。"

二人在寓所前握手告别，科塔德越发激动，不断重复着："一切从头开始，这是好事。"

正当科塔德说话期间，两个高高壮壮的身影忽然从门廊暗处窜出。塔鲁还没反应过来，科塔德就已经在质问这两人是谁、来这里有什么目的。没想到，这两人却询问起了科塔德的身份，他们着装正式，似为公职人员。科塔德惊呼一声，转身跑进了夜色中，留下那两名黑衣男子与塔鲁面面相觑。在塔鲁追问之下，二人自称为调查而来，他们言辞得体，看上去不像什么坏人。说完他们便沿着科塔德逃离的方向走了过去。

回家后，塔鲁将这个小插曲记录了下来，并详细道出了自身的疲惫，从他的笔迹中的确可以看出他的劳累。他还写下了这样的内容：每天需要解决的事情还有很多，但不能以此作为不准备的借口，问自己是否已经准备好了面对这一切。最终，他在笔记中总结，无论是白昼抑或黑夜，人总有脆弱之时，他畏惧的正是这一瞬。他的记录到这里就戛然而止了。

城门就快打开了，里厄终于有时间想想自己的事了，比如花一些时间来思念远在疗养院里的妻子。他中午时回到家，想看看有没有妻子发来的电报。虽然他现在比疫情最严重时还辛苦，但马上能从鼠疫中解脱的消息足以消除一切疲惫。希望又回来了，随之而来的还有对生活的期待与热情。没有人能一直拥有充沛的精力和不屈的意志，也没有人能一直过着精疲力竭的生活。那些不敢有一丝松懈的精神状态终于能得到一些舒缓了，如果他等待的电报能带来好消息，里厄觉得自己就可以开始新生活了。

他走过大厅里的门房。新上任的人，老米歇尔先生的继任者，把脸贴在面向大厅的窗户上，对他笑了笑。

当他上楼的时候，那人的脸还在他眼前转来转去。那张脸虽然因疲惫和困苦而显得苍白，但仍带着微笑。

是的，等这一阶段结束，他就会重新开始，他的运气是不是还不错？

正当他怀着这些想法打开门时，他看见母亲正从大厅里走过来迎接他。她告诉他，塔鲁身体不舒服，他照常起床，但没有力气出门，于是他又回到床上。老太太为他感到担心。

"也许没什么大事。"她的儿子说。

塔鲁仰面躺着，沉重的脑袋深深地陷在枕头里，透过厚厚的被子依然能看见他结实的胸脯轮廓。他头很痛，体温正在升高。他告诉里厄，目前自己的症状不是很明确，但很可能是鼠疫。

对他进行检查后，里厄说："不，目前还不能确定。"

但塔鲁的确感觉口很渴，在走廊里，里厄告诉他的母亲塔鲁可能感染了鼠疫。

"噢！"她喊道，"这不可能，怎么会在这个时候发病！"过了一会儿她又说："让他留在这儿吧。"

里厄认真思考了一会儿："严格地说，我没有权利这样做。不过，大门很快就会打开的。如果你不在这里，我想我会自己来面对这一切。"

"让他留下，也让我留下。你知道，我刚刚又打了一次疫苗。"

里厄指出，塔鲁也接种过疫苗，但他可能太累了，所以忘记注射最后一次疫苗，也忘记采取必要的预防措施了。

他一边说着，一边朝工作室走去。当他回到卧室时，塔鲁注意到他手里拿着一盒大安瓿瓶，里面装有血清。

"啊，确定了吧？"塔鲁说。

"没有，但是我们不能冒险。"

塔鲁不回答，只是伸出胳膊，里厄仔细地给他打了一针。

"今晚我们继续观察。"里厄盯着塔鲁的眼睛。

"先隔离我怎么样？"

"我还不能肯定你得了鼠疫。"

"嗯，这是我第一次看到你给没有隔离的病人打血清。"

里厄把目光移开。

"你在这儿待着会更好。我妈妈和我会照顾你的。"

塔鲁什么也没说，里厄正在把安瓿瓶放进盒子里，他想等塔鲁开口说话时，再回过头来。可是塔鲁一直什么也没说，最后里厄走到床前。塔鲁目不转睛地望着他，他的脸虽然绷得很紧，灰色的眼睛却很平静。里厄低头朝他笑了笑。

"现在试着睡一觉吧！我很快就回来。"

他正要出去时，听见塔鲁在叫他，于是便转过身来。

"里厄！"塔鲁的脸上露出了一个浅浅的微笑，"我不想死，我要奋起反抗。但如果我输了比赛，我希望有个漂亮的离场。"

里厄向前弯下腰，按了按他的肩膀："那么就战斗吧！"

这天，原本寒冷的天气稍微暖和了一些。本以为天会就此放晴，却没想到在中午时忽然下起了冰雹，接着又下起了雨。日落时分，冰雹和雨都停了，但温度低得让人难以忍受。傍晚，里厄回到了家。他还穿着大衣就急匆匆进了朋友的卧室。塔鲁似乎一直没有动，但他那因发烧而发白、干裂的嘴唇说明了他在努力与病魔抗争。

"怎么样？"里厄问。

塔鲁把他宽阔的肩膀稍稍从被窝里挪出来。"好吧！"他说，"我输了。"

里厄俯下身来。塔鲁发烫的皮肤下已经形成了一串淋巴结，他的胸膛里发出隆隆的响声，就像熔炉发出的声音。塔鲁身上同时出现了两种鼠疫的症状。

里厄直起了腰，他认为是血清还没有起作用。塔鲁的喉咙里涌出一阵热浪，淹没了他想说的话。

黑夜的来临预示着搏斗的开始，里厄知道这场与鼠疫之间的残酷搏斗将持续到黎明。在这场斗争中，塔鲁强健的肩膀和胸膛并不是他最大的依靠，只有里厄注射进去的血清才是最有力的武器。血清里有比灵魂更重要的东西。里厄此时只能眼睁睁地看着他朋友挣扎，除此之外什么都做不了。事实上，他能给予的唯一帮助就是为朋友祈祷，请求上天为他的朋友带来好运气，而好运气往往是处于休眠状态的，除非被唤醒才能去行动。好运气是他永远不会抛弃的盟友。

塔鲁没有挣扎，整晚他都没有丝毫的不安，他只是凭着他那健硕的身躯，一言不发地继续战斗。他甚至没有说话，也没有企图转移注意力。里厄只能从他朋友时而睁开时而闭着的眼睛里看到战争的局势，他有时会凝视着房间里的某样东西，有时会看向里厄和他的母亲。每当与里厄的目光相遇时，塔鲁都会尽力给他一个微笑。

一会儿，街上传来急促的冰雹声，这个声音渐渐增大，直到街上被倾盆大雨的喧嚣声吞没。一会儿又刮起了一阵暴风，风声和人行道上噼里啪啦的冰雹声混在一起，遮阳篷疯狂地拍打着路边店铺的门。里厄的注意力被狂风和冰雹发出的声音暂时吸引了，他又透过阴影望着塔鲁的脸，床边的一盏小灯照在他的脸上。里厄的母亲正在织毛衣，她不时地抬起头来，担心地望着病人。

里厄已经把能做的一切都做了。风暴过后，房间里变得更安静了，只有那无声的战争在激烈地进行着。里厄觉得，他的神经由于失眠而变得过度紧张了，因为他总是能在一片寂静中听到一种隐隐的、可怕的嘶嘶声，这种嘶嘶声自从鼠疫流行以来就一直萦绕在他的耳朵里。他向母亲做了个手势，示意她应该去睡觉了。她摇摇头，眼睛还是那么明亮。然后，她继续织起了毛衣。里厄站起身来，给病人喝了一杯水，然后又坐了下来。

人行道上响起了脚步声，一会儿近一会儿远，人们正利用这一间歇匆忙回家。里厄第一次意识到，今晚没有救护车的轰鸣声，也没有迟到的旅客，就像鼠疫发生之前的每一个夜晚一样。瘟疫仿佛被寒冷的街灯和人群赶走了，它从镇子的深处逃了出来，躲在这个温暖的房间里，对塔鲁那沉重的身体发动了最后的进攻。它不再用长矛对着整个城市攻击，而是选择在病房的沉闷空气中轻轻地吹着口哨，这正是里厄自从对抗鼠疫以来一直听到的声音。

黎明前不久，里厄靠向母亲，低声说："您现在最好休息一下，八点来换班。临睡前您也得滴点儿药水。"

老太太站起身来，放好针线，走到床边。塔鲁已经睡了一段时间，他的前额上满是汗珠。

老太太叹了口气，这声叹息使塔鲁睁开了眼睛。他看见那张温柔的脸俯在他的面前，那坚定的微笑再一次出现在了他的脸上。但他马上又闭上了眼睛。

里厄坐在母亲刚离开的椅子上。街道寂静无声，仿佛整个小镇都陷入了沉睡。黎明前的寒意透过窗户的缝隙钻了进来。

里厄打起了盹，但不久，一辆早班的马车咔嗒咔嗒地驶过街道，把他吵醒了。他颤抖了一下，继而转头望向了塔鲁，这才反应过来现在是什么时候。塔鲁还在睡觉，马车的车轮隆隆地向远处驶去。透过窗户看出去，天还没亮。当里厄走到床边时，塔鲁的眼睛望着他，他的眼神显得很空洞，像是一个还处于睡眠状态的人。

"感觉怎么样？"

"呼吸还行。"

里厄坐在床边。他能感觉到病人的腿又直又硬，就像一座雕像的四肢，他的呼吸也更加困难了。

"还会发烧的，是不是，里厄？"他喘着气说。

"是的。到中午就知道了。"

塔鲁闭上了眼睛，他似乎正在积蓄力量。他脸上有一种极度疲倦的表情。他在等着高温再次袭来，其实不断升高的温度已经在他的内心深处搅动起来了。当他睁开眼睛时，眼前的一切都模糊了。只有当他看见里厄手里拿着一个玻璃杯向他俯身时，他的眼睛才亮了起来。

"喝！"

塔鲁喝了一口，然后慢慢地把头靠在枕头上。"真是煎熬啊。"他喃喃地说。

里厄抱住他的胳膊，塔鲁把头转了过去，便不再动了。

猛然间，好像身体中的某个堤坝一下子倒塌了，高烧又冲向了他的身体，染红了他的脸颊和前额。塔鲁的眼睛看向里厄，里厄弯下腰来，深情地鼓励他。

塔鲁想挤出一个微笑，但他那已经被白沫封住的嘴唇笑不出来了。在他那张僵硬的脸上，只有一双眼睛依然闪烁着勇敢的光芒。

七点钟，里厄的母亲来到塔鲁的卧室。里厄回到工作室里，并给医院打了电话，安排了其他医生接他的班。他还决定推迟门诊，在手术沙发上躺一会儿。但只躺了五分钟，他又回到了塔鲁的卧室里。塔鲁的脸转向了里厄的母亲，她正靠在床边坐着，双手交叉放在膝上，在昏暗的灯光下，她的身影变得很模糊。塔鲁目不转睛地望着她，她站起来关上了床头灯。通过窗帘的缝隙，可以看到天越来越亮了。不久，当病人的脸渐渐从黑暗中显现的时候，老太太才发现他的眼睛一直在盯着她。

她抚平枕头，直起身子，把手放在他湿漉漉、打着卷的头发上。她听到一个低沉的声音似乎从很远的地方传来："谢谢你。"

等她回到椅子上时，塔鲁已经闭上了眼睛，尽管紧闭着嘴唇，但他憔悴的脸上似乎浮现出一丝微笑。

中午时，塔鲁的体温达到了顶点。他剧烈地咳嗽，一边咳嗽一边吐血，他的淋巴结已经不肿了，但它硬得像嵌在关节里的铁块。在一阵阵发烧和咳嗽之间，塔鲁仍然不时地望着他的朋友们。他的眼睛越来越睁不开了，那张被病痛折磨着的脸越来越苍白，暴风雨将他的身体猛烈地摧残着，闪电将它的器官照亮。在暴风雨的中心，他感到自己的生命之舟正在慢慢地飘荡，他被遗弃了。现在，里厄面前只有一张面具似的脸，笑容已经永远从那张脸上消失了。

那是他最亲近的朋友，而此刻他被瘟疫的长矛刺穿，被病魔的烈焰吞噬，被猛烈的狂风吹散，他看着他的朋友被瘟疫的洪流带走，看着他的朋友在他的眼前倒下，他却没有办法帮他对抗这场灾难。他只能站在岸上，两手空空，手无寸铁，在灾难的袭击下又一次感到束手无策。当那一刻来临的时候，里厄的视线被汹涌的泪水模糊了，他看不清面朝墙壁的塔鲁，仿佛内心某处的一根重要的弦折断了一般，他的朋友在短促而痛苦的呻吟中死去了。

这不再是挣扎的夜晚，而是寂静的夜晚。

在宁静的守灵室里，在已经换上日常衣服的尸体旁边，里厄感到了一种特殊的宁静，这种感觉与他在许多个夜晚坐在阳台上、在他进入海洋游泳时很相似。

那时，他的脑海里浮现出许多人死在床上后的那种平静。那里和这里一样，也有着同样的庄严和平静，那是战斗之后的平静，也是失败后的沉默。但是，现在笼罩在他死去的朋友身上的那种平静却让他难以接受，这种平静是那样残酷，就像夜间空无一人的街道，就像那个终于从禁锢中释放出来的城镇。里厄突然意识到，这是最后的失败，是这场战争中，最后一场灾难性的战斗，它让胜利有了缺憾。现在一切都过去了，里厄不知道塔鲁是否已经得到了安宁，但对他而言，他感到今后再也得不到安宁了，就像其他失去儿子的母亲和埋葬朋友的人一样，他们再也无法感到安宁了。

夜晚又变冷了，星星似乎都结了霜，在广阔的天空中闪闪发光。

在昏暗的房间里，里厄和他的母亲感受到了阵阵寒意，他听到了极夜漫长的、闪着银光的呼吸。老太太像往常一样坐在床边，床边的灯照亮了她的脸。在房间的中央，在那一小片光亮之外，里厄医生呆坐着，对妻子的思念不时打断他的思绪。

夜幕降临时，行人的脚步声在冰冻的空气中清晰地响着。

"一切都准备好了吗？"老太太问。"是的，我已经打过电话了。"

然后，他们又开始了沉默的守候。母亲不时偷偷地看儿子一眼，每当他看见她这样做，他就对着母亲笑一笑。外面的街道上，各种各样的声音打破了长时间的寂静。汽车又上路了——虽然官方还不允许这样做，轮胎在街道上发出长长的嘶嘶声。远处的呼唤声停了下来，街道安静了一会儿，随后又传来了马蹄声、街车拐弯时发生的声音、人们模糊的低语声，然后又是呼啸而过的风声。

也许正是因为塔鲁的死，才让里厄在第二天早上接到妻子死亡的信息时，能表现得如此镇定。那时他正在工作室，忽然他母亲进来了——几乎是跑着进来的，递给他一份电报，又匆匆回到大厅给报童小费。她回来时，里厄手里拿着那封打开的电报。她望着他，但他的眼睛一直盯着窗户。清晨的太阳从港口升起，灿烂的阳光淹没了房间。

"孩子。"她温和地呼唤。

里厄转过身来看着她，那眼神好像在看一个陌生人一样："嗯？"

"电报上说了什么？"

"她一星期前去世了。"

里厄的母亲把脸转向窗户。里厄沉默了一会儿，告诉母亲不要哭，他其实早有预感。他说这话的时候心里很清楚，这种痛苦并不是什么新鲜事。在这两天里，在这许多天里，他都在忍受着巨大的痛苦。

在2月里的一个晴朗的早晨，城门早早地打开了，民众、报纸、电台和官方公报都对此表现得极为激动和高兴。讲故事的人会尽他所能来讲述接下来的欢乐，尽管他自己并不在欢乐人群之内。

奥兰城开始举办各种精心组织的昼夜庆祝活动，与此同时，车站里的机车开始冒烟，轮船开始驶往我们的港口，它们以不同的方式提醒我们，这是期待已久的重逢的一天，是所有经历过分离的人擦干眼泪的一天。

关于鼠疫的故事已经讲到了这里，读者应该很容易就能明白，长期以来在居民心中刻骨铭心的那种思念之情。

当天进站的火车和离城的火车一样拥挤。每位乘客都提前很长时间预订了自己的座位，在过去的两周中他们一直惴惴不安，唯恐当局会在某一时刻撤回他们的决定。有些入境旅客还有些紧张，虽然他们都知悉了自己最亲近的人的情况，但他们对别人和镇子本身仍然一无所知，在他们的想象中，奥兰城此刻应该已经面目全非了。但那些分离的恋人们的内心可不是这样想。

的确，恋人们已经完全沉浸在他们那期待的情绪里了，在这几个月的分离里，他们从来没有想过这天会来得这么快。当火车即将进站时，他们希望时间能过得更快一些，但当火车开始刹车时，他们又想让它慢下来，让时间就此停下。这种感觉，很多人可能不理解，但仔细一想，又令人心酸。他们的爱情在一天一天、一星期一星期地消逝，他们之间爱的感觉变得既模糊又强烈，他们暗中希望能得到老天的一些补偿，哪怕让快乐的时间过得比等待的时间慢一些。

那些在家里或月台上等待的人中有兰伯特，他的女友一得到通知，马上就忙起来，准备乘第一班火车过来。他们同样焦急不安，以至于浑身发抖。兰伯特一想到他很快就要见到他的爱人，就紧张得一阵战栗。鼠疫将他脑海中的人和他的爱意变得苍白抽象，而现在他已意识到马上要见到的是一个有血有肉的女人。若他能把钟拨回鼠疫暴发时，他一定会在第一时间逃出城，跑到她的身边。

但现在他知道那是不可能的，他被鼠疫改变了。瘟疫使他产生了一种超然的感觉，尽管他已经很努力了，但依然无法摆脱它，这种感觉像一种无形的压力在他的心里萦绕。他甚至觉得这场瘟疫结束得太突然了，他还没来得及振作起来。幸福正全速向他袭来，这实在是出乎他的预料。兰伯特明白，一切会在一瞬间恢复正常，喜悦像火焰一样燃烧着他的心，这种情绪是无法细细感受的。

实际上，每个人或多或少都和他有一样的感觉，每个人都回到了自己正常的私人生活中来，但人与人之间的情谊仍然存在，他们彼此交换着微笑和愉快的眼神。当他们看到驶近的机车冒出的烟雾时，那种被放逐的感觉消失了，取而代之的是一种强烈的、令人迷惑的喜悦之情。当火车停下来的时候，那些焦虑和等待，都在一瞬间结束了。

至于兰伯特，他还没看清那个朝他跑来的身影，她就已经扑到他的胸前。他双手搂住她，把她的头紧紧地贴在自己的肩膀上，他只看见她那熟悉的头发，他任由眼泪哗哗地流着，不知道是为眼前的欢乐还是为压抑得太久的悲伤，他只知道，眼泪会帮他看清那张埋在他肩膀深处的脸究竟是他经常梦见的那张脸，还是一张陌生人的脸。眼下，他希望自己能像周围那些人一样，相信或假装相信瘟疫可以来了又走，但人心永不会变。

人们互相依偎着朝家里走去，他们对外面的世界视而不见，只是专注于倾诉衷肠，仿佛战胜瘟疫后便忘记了所有的悲伤和苦难。还有许多人发现没有人在站台等他们，对他们来说，现在只剩下悲痛。而对那些亲人已经随鼠疫而去的人来说，情况又完全不同，离别的痛苦在这一刻达到了顶点。母亲们、丈夫们、妻子们，还有那些失去了一切欢乐的情侣们，现在他们所爱的人躺在一个坑里，躺在生石灰下面，或者变成了灰色土堆里的一把灰烬，对他们而言，鼠疫仍没有结束。

但谁会想到这些孤独的哀悼者呢？太阳驱散了从清晨开始就盘旋在城市上空的寒冷空气，它源源不断地把宁静的阳光倾泻在这个小镇上。在碧蓝纯净的天空下，山岗上的堡垒里，大炮隆隆地响个不停。每个人都出来庆祝这激动人心的一刻，苦难的时刻已经结束，而遗忘的时刻还没有开始。

人们在街上和广场上跳舞。不到二十四小时，机动车的数量就增加了一倍，汽车在拐弯处被寻欢作乐的人群拦住了。下午，每座教堂的钟都敲响了，钟声在金色的阳光下回荡。

所有的教会都举行了感恩仪式，与此同时，娱乐场所也挤满了人，咖啡馆也不顾明天该如何营业，把所有的存货都端了上来。每个酒吧里都挤满了喧闹的人群，情侣都不再矜持，所有的人都在大笑或喊叫。许多个月以来，每个人都小心翼翼地保护着自己的生命之火，他们在这一天将自己积攒的所有感情释放，用来庆祝这个意味着他们活下来的重要日子。明天，真正的生活将重新开始，那实在是来之不易。但此刻，所有人都处于解脱的狂喜之中，在这愉快的几个小时里，来自各行各业的人们欢聚一堂，亲如兄弟。

不过，这种热闹只是镇上那天所展现出来的面貌之一。日落时分，街上挤满了人，其中包括兰伯特和他的女友，他们在冷静地分享彼此的情感，这是一种更微妙的幸福。确实，许多夫妇、许多家庭，看起来只是在散步而已。新来的人看到了这场瘟疫留下的或引人注目或模糊的各种标志，这些都是瘟疫的遗迹。在某些情况下，幸存者扮演了向导的角色，作为经历过这一切的目击者，他们畅所欲言地谈论着当时的危险，却对自己的恐惧绝口不提。

这一切都是里厄亲眼所见的，傍晚时分，他独自一人在钟声、枪炮声、乐队声和震耳欲聋的呐喊声中走着。他不能请假，病人没有假期，他也不能有假期。但此刻他可以沐浴在纯净的阳光下，走在弥漫着烤肉味和茴香酒味的大街上。在他的周围，一张张幸福的脸在灿烂的天空下显得活力满满，满脸通红的男男女女用低沉、紧张的渴望之声拥抱着互诉衷肠。是的，鼠疫结束了。

随着这部编年史步入尾声，在终章前，里厄医生终于承认自己为该著作的执笔人。他意图阐述创作背后的动机，并恳请读者能领悟到，自始至终，他秉持着旁观者无主观偏见的视角来叙述自己所经历的一切。在鼠疫横行的艰难岁月中，其医者身份使他与无数同胞紧密相连，因此得以见证并记载下他们的经历。他在记录的过程中，严谨地避开了那些不是他亲眼所见的事情，也尽量不将自己的情感和想法转移到记录中出现的其他的志愿者或者医生身上。

作为事件的亲历者，他虽保持着审慎的态度，但内心深处的责任感使他无畏地站到了受害者一方，与他的同胞在爱、苦痛及无奈的离别中找到了共鸣。他深切地感受着同胞的忧虑，并视他们的遭遇为自己的遭遇。

作为一名拥有客观态度的记录者，他必须聚焦于人的行为、确切的资料及流传的信息中，而个人的思绪、愿望及面临的挑战则不在记录之列。即便他曾借助自己的一些感受去深化对同胞的理解，目的也仅在于更精准地传达同胞们难以言表的情绪。事实上，这种理性的探索并没有成为他的负担。每当他心中涌起向万千鼠疫受难者倾诉的冲动时，他便会意识到自己的苦楚并不算什么，因为他的同胞们也在承受着这份苦楚，甚至比他承受得更多。在一个常常迫使个体默默承受痛苦的世界里，能与众人同甘共苦已经是一种难得的慰藉了，所以他选择了沉默。当然，他希望能诚实地记录，展现出大家的情感，大家的心声，并且替大家说话。不过，有个人是里厄无法替他说话的。

一日，塔鲁向里厄透露了关于那位人物的信息，他说："这个人真正的过错，在于他从内心深处赞同那导致儿童与成人遭遇不幸的灾难。

其他的事情，尽管一时间难以接受，我仍能慢慢找到让自己理解他的理由。唯独此事，我只能无奈地选择不原谅他。"这个人性格中固有的愚昧与孤僻，让这本书在结尾处也能有一些亮点。

里厄从热闹的大街上出来，走到格兰德和科塔德居住的街道时，被警察的警戒线拦住了。没有什么比这更让他吃惊的了。听着远处喜庆的喧闹声，这里似乎安静很多，很难想象这里发生了什么样的事故。

"对不起，医生。"一个警察说，"我不能让你通过。有个疯子拿着枪，向每个人开枪。不过你最好还是留下来，我们可能需要你帮忙。"

就在此刻，里厄看到了缓缓向他走近的格兰德，对于现在发生的事情，格兰德也表示自己一无所知。这里被禁止通行的原因，据说是源自一发子弹，有人告诉警察，子弹是从格兰德住的房子对面的楼里射出来的。从他们所在的位置看过去，那座建筑的正面正沐浴在夕阳的最后一抹金辉之中，建筑的四周环绕着一片开阔地，直通至对面人行道的边缘。在街道的中间，有一顶帽子与一块满是污秽的布片。里厄与格兰德看到另一侧街口也拉起了一条警戒线，与眼前的绳索平行，有居民在绳后匆忙地走过，都是邻里熟悉的面孔。他们更仔细地看了看，还察觉到有数名警察藏在对面楼房的入口处，手执左轮手枪，正蹲守待命，而目标楼宇的窗户都是紧闭的，只有三楼的一扇窗户松松地挂着铰链，似乎是半开的。街上什么声音也没有，偶尔有从市中心传来的音乐声。

突然，空气中传来了两声左轮手枪的枪声。它们来自对面的一座建筑，百叶窗立刻碎了，碎片四散飞出，然后又是一片寂静。经过了一天的喧嚣，里厄医生觉得眼前的事情似乎都不真实，像在梦中一样。

"那是科塔德的窗户。"格兰德突然叫了起来，"天啊，他不住那儿了吧？"

"他们为什么要开枪？"里厄问警察。

"哦，是为了牵制他。我们在等一辆车来，车上有装备，这疯子四处开枪，有个警察受伤了。"

"可是他为什么开枪呢？"

"不知道，大家在街上正玩得开心，他突然就开枪了。一开始大家都不知道是怎么回事，当他再次开枪时，人们开始大喊大叫，有人受伤了，其余的人拔腿就跑。我敢说，这人脑子肯定不正常了。"

周围又一次静了下来，时间似乎过得很慢。他们注意到一只狗，这是里厄好几个月以来见到的第一只狗，它出现在街道的另一边，那是一只看起来很邋遢的猎犬，可能它的主人一直把它藏在那里。它沿着墙边缓缓走着，然后在门口停了下来，开始挠痒痒。

一些警察吹响口哨，想赶它走。它抬起头，走到马路上，去嗅那顶帽子。这时，从三楼的窗户里传来了手枪的换弹声，紧接着，狗中弹了，它像翻腾的煎饼一样翻了个跟头，腿在空中甩来甩去，侧着身子挣扎着，而后躺在地上，身体长时间地抽搐、扭动着。仿佛是为了赌气，对面房子里的人又开了五六枪，把百叶窗上的木片全部打下来了。接着，又是一片寂静。太阳移动了一点儿，阴影的轮廓已经接近科塔德的窗户了。马路上，医生身后传来了一声刺耳的刹车声。

"上！"警察说。

好几个警察从车里跳了出来，他们卸下了一卷卷绳子、一架梯子和两个用油布包着的大长方形包裹。然后拐进了格兰德家对面那排房子后面的一条街上。过了一分钟左右，那些房子的门口有了动静，虽然看不见具体发生了什么。

过了一会儿。狗趴在路边的水潭里，咽气了。突然，房子里传来了一阵机枪的射击声。百叶窗完全被射开了，露出一个黑洞洞的豁口，里厄和格兰德并没有看到双方交火。当第一挺机枪停止射击时，另一挺机枪从另一个角度架了出来，那挺枪架在街上稍远一点儿的一所房子里。

显然，子弹射向了窗户，一块块砖墙碎片哗啦哗啦地落在人行道上。

与此同时，三名警察冲过马路，消失在门口。机枪暂时停止了射击，接着又是一阵短暂的平静。屋子里很快又传来两声闷响，接着是一阵混乱的喧哗，声音越来越大，直到他们看见一个只穿着衬衫的小个子男人在扯着嗓门尖叫，被警察从门口拖了出去。

就像同时接到了信号一样，街上所有的百叶窗都打开了，人们激动地探出头，还有许多人从房子里涌出来，跟在警察的后面。里厄瞥了一眼这个小个子男人，他正站在路中间，两只胳膊被两个警察夹在身后，还在尖叫着。一个警察走上前来，给了他的脸几拳。

"科塔德！"格兰德的声音因震惊而变得尖锐，"他疯了！"

当格兰德和医生离开的时候，晚霞已散去，夜幕降临了。科塔德事件似乎已经将这个街区从死气沉沉的状态中唤醒了，就连那些偏僻的街道上也挤满了狂欢者。在门前的台阶上，格兰德向里厄道了晚安，他说，他打算干一个晚上的活儿。上楼的时候，格兰德又补充说，他已经给珍妮写了信，他现在感到高兴多了。接着，他又说："我重新写了一遍，好在以前写过的内容都记在脑子里，我还想到了新的形容词！"

他的眼睛闪闪发亮，他脱下帽子，彬彬有礼地轻轻一挥，又把帽子戴上了，将帽檐拉得很低。里厄还在想科塔德，当他去看他的老哮喘病人时，他的耳边还会响起那个可怜人的脸被拳头打得砰砰作响的声音。

当他到达病人家时，天已经很黑了。卧室里依稀可以听到远处的人们为重新获得自由而欢呼的声音，而老人像往常一样把豌豆从一个锅里搬到另一个锅里。

"他们自娱自乐是很正常的。"他说，"正如人们所说，世界是由各种各样的人组成的。还有你的同事，医生，他怎么样了？"

"他死了。"里厄一边用听诊器听病人的呼吸声，一边说道。

"啊，真的吗？"老头儿有些震惊。

"鼠疫。"里厄补充道。

老人沉默片刻后说："好人不长命，这就是生活。但他是个男人，他活得堪称顶天立地！"

里厄把听诊器放了回去："您应该经常做做熏蒸，这对您的呼吸系统有益。"

"别为我担心，医生！我的寿命还很长呢，我会把别人统统熬进坟墓，我知道怎么达成这个目标。"

远处传来一阵欢快的喊叫声，似乎是对他说大话的回应。在离开之前，里厄问老人："我想到露台上去走走看看，您不介意吧？"

"当然不会。你想看看吗？它和以前一样，没什么变化。"里厄离开房间时，一个新的问题闪过老人的脑海，"我说，医生。听说他们要为死于瘟疫的人建纪念碑，这是真的吗？"

"报纸上是这么说的，要建一座纪念碑，或者只是一块碑。"

"我敢发誓！还会有演讲。"老哮喘病人笑起来，声音嘶哑，"我几乎能听见他们在说：'亲爱的……'然后他们就会去吃一顿美味的点心。"

里厄已经爬到楼梯的一半了。头顶上的天空闪烁着微光，山顶附近的星星像燧石般闪耀，眼前的场景与他和塔鲁来到露天平台，想忘掉瘟疫的那个晚上看到的很相似。

今晚，海水拍击着峭壁，拍击声响彻整片露台。这里的空气清新而纯净，没有风带来的大海的咸味。小镇上的喧闹声在这一长排平台的脚下像波浪一样起伏，但今晚他们说的话题不再是抗击，而是解放。远处，中央大街和广场上还有代表着欢乐和生命的火光。在这自由的新生之夜，人们的欲望被无限放大，喧嚣声不断地传到里厄的耳朵里。

市政府组织的焰火表演正在进行，第一枚火箭烟花从黑暗的港口升起，礼花开遍了夜空，全城的人都在为它欢呼。

而此刻，里厄却只想起了那些已不在的人，塔鲁、科塔德、他的妻子，以及那些被遗忘的人，不管是因罪而离开的，还是因为生了病永远不会再回来的。那位西班牙老人说得对，生活仍然会继续，但里厄却感到，他们仍然与他同在。正因如此，里厄才决定写下这本书，他不应该做那种沉默寡言的人，他应该为那些患了瘟疫的人做证，这样，他们所受的冤屈和暴行，才不会被后来的人遗忘。如果一定要总结一下鼠疫带来的经验，那也许是：人性中的光辉之处永远比黑暗之处要多。

不过，他知道他记录下的并不是什么值得炫耀的故事。这本书只是记录了那些虽不能成为圣人，但又不愿向瘟疫低头的人。他们不肯屈服，不顾生死，与鼠疫进行了不懈的斗争。哪怕鼠疫卷土重来，他们依然会选择那样做。

的确，当他听到城里传来欢乐的喊声时，里厄想起了很多往事。他相信这种欢乐背后总是隐藏着危险。那些兴高采烈的人群暂时还不知道这一点，但他已将医书中的这段话牢牢铭记：

> 鼠疫杆菌不死不灭，它可以在家具和亚麻布柜子里沉睡多年，它在卧室、地窖、箱子和书架中等待时机。也许有一天，鼠疫会再次唤醒鼠群，并将它们送到另一座宁静而美丽的城市里，到那时，人们将再一次迎来厄运。